河出文庫

5分後に
ごちそうさまのラスト

エブリスタ 編

河出書房新社

5分後にごちそうさまのラスト

contents

デザイン　坂野公一（welle design）

おはよう、白雪姫

一初ゆずこ

毒リンゴの夢を見た。深く暗い森の中、硝子《ガラス》の棺《ひつぎ》で眠る夢だ。

幼い頃から『白雪姫』は、あまり好きになれなかった。王子様と出逢えなければ、目覚めは二度と訪れない。それが子供ながらに恐ろしかった。やがて玖留実《くるみ》は薄目を開けて、一瞬にして目が覚めた。

狭い部屋の天井は、窓からの斜光で真っ白だ。午前七時の明るさではない。とにかく急いで顔を洗って、メイクして、髪も梳《と》かして、それから、それから――布団から跳ね起きる直前に、玖留実は全てを思い出した。

「そっか、行かなくていいんだっけ」

仕事、と。最後に付け足した一言が、一人の部屋にぽつんと響く。

仕事中に目が霞み始めたのは、いつからだろう。書類をまとめる作業を中断して額に手を当てていると「ルミさん、大丈夫ですか？」と声が掛かった。

「平気。胡桃《くるみ》ちゃん」

玖留実は、気丈に答えて振り返る。自分と同じ名の相手を、ちゃん付けで呼ぶ行為には、一人暮らしに慣れるのと同等の早さで慣れていた。

「そうですか？　私も、手が空いたらヘルプに回りますね」

薄ピンクのカーディガンに、花柄のワンピース。甘いミルクティーやお洒落な洋菓子が似合いそうな後輩は、名前を豊川《とよかわ》胡桃という。心配そうに目を伏せる姿は可憐で、そばを通りかかった男性社員が、視線をこっそり寄越してきた。

玖留実と胡桃。この会社には二人クルミがいる。社内の人間はふわふわした可愛い二十五歳の胡桃を「クルミ」と呼び、さばさばした男勝《おとこまさ》りな二十七歳の玖留実を「ルミ」と呼ぶ。

「ありがと。そのときは、お願いしようかな」

唇を引いて笑《え》んだ玖留実は、肩口で切り揃えた黒髪を耳にかけて、仕事に戻った。心遣いは嬉しいが、後輩の手を借りる場合、新たな指導が必要になる。玖留実が口にした「そのとき」は、繁忙期明けになるだろう。

だが、警戒もなく毒リンゴを口にするような油断が祟《たた》り、玖留実は翌日の朝に出社するなり、意識を失って倒れてしまった。目覚めた時には病院で、医者には過労だと告げられた。周囲に迷惑をかけたショックと、上司からの勧めもあり、かくして一週間の休職が決まったのだった。


夕方にタクシーで帰宅すると、定時で仕事を終える日と大差ない時刻だった。今日の出来事は全て夢だと思いたかったが、びっくりするほど身体が怠《だる》く、アパートの階段を上がるだけで、かなりの時間を要してしまった。這《は》うように部屋へ転がり込むと、窓際に置いた段ボール箱が目に入り、玖留実は途方に暮れてしまった。

箱の中身は、大量のリンゴだ。年末に帰省した際に、玖留実が家族に頼んだのだ。最近は朝食がトースト一枚になることもざらなので、農家である実家のリンゴでジャムでも煮ようと考えていた。

その場に蹲《うずくま》って横になると、強い引力で床に引っ張られるように感じるほど、全身が休養を欲して悲鳴を上げた。今日は、台所に立つ気力がない。玖留実が重い瞼《まぶた》を閉じかけたとき、食器棚の後ろの壁から、軽快なメロディが流れてきた。

またか、と気抜けしてしまう。時々この時間になると、ゲームと思《おぼ》しき音楽が、隣の二〇六号室から聞こえるのだ。

住人は、昨年の春に越してきた新卒社会人の男の子だ。スーツ姿で出社する姿を見かけるので、挨拶程度は交わす仲だ。玖留実は、ふと名案を思いついた。

リンゴを、隣人にお裾分けしよう。消費し切れずに鮮度が落ちるよりは、誰かに美味《おい》しく食べてもらうべきだ。そうと決まれば持ち前のタフさが蘇り、立ち上がった玖留実は、リンゴの中から立派なものを五つ見繕《みつくろ》い、二〇六号室のインターホンを鳴らしに行った。自棄《やけ》になっていたこともあり、気が大きくなっていた。

「はい。あ、お隣の」

男の子が、扉から顔を覗かせた。ラフなTシャツに着替えたからか、実は小柄で痩せ型だと今知った。玖留実が履いている靴がスニーカーでなくヒールなら、背丈は同じくらいになるだろう。黒い短髪はつんつんと尖っていたが、下がり気味の眉が愛嬌を添えていたからか、軽薄には見えなかった。むしろ、突然の来訪者に怯えているようだ。自分は威圧的に見えるのだろうか。「こんばんは」と玖留実は愛想よく微笑むと、ビニール袋を差し出した。

「うちの実家で穫《と》れたリンゴです。どうぞ召《め》し上がってください」

「あ、ありがとうございます。えっ、こんなにっ？」

「ジャムにしても美味しいですよ」

狼狽《うろた》える若者へ有無を言わさずリンゴを渡し、玖留実は自分の部屋へ引き揚げた。

一仕事を終えた実感は、今日の寂しさを和らげたから、いい夢を見られる気がした。


そのはずが、毒リンゴの夢ときた。玖留実はスマートフォンのメールを検《あらた》めて、起き抜け早々頭を抱えた。

差出人の名は、豊川胡桃。本文には気遣いの言葉が並んでいて、他の社員も玖留実が休養に専念できるよう一致団結しているという。

有難いが、悪目立ちが恥ずかしい。早急に復帰しなくては、と決意を固くする一方で、文末のくだりを読むと、張りつめていた心が少し解《ほぐ》れた。

――『ルミさんには、いつもたくさんフォローされていたんだなあ、とみんなで話しています。元気になったら、普段はできないようなリフレッシュを楽しんでくださいね』

「リフレッシュ、ねえ」

洗顔を済ませて、玖留実はぼやいた。一人暮らしを始めてから、こういった独り言は自分でも意外なくらいに増えていた。声を形にしなければ、言葉の使い方を忘れてしまいそうな孤独があることを、子どもの頃は知らなかった。

着替えるか否《いな》か迷ったが、買い物に行くと決めてVネックとジーンズを合わせてから、食パンにバターをたっぷり塗って、トースターにセットする。珈琲《コーヒー》を淹《い》れようとして、ホットミルクに変更した。小さな丸テーブルの前でマグカップを両手で持って座り、今日という一日のさまざまな過ごし方を検討する。

通勤の電車で読み進めていた文庫本。あれを読破するのはどうだろう。いや、それは職場に復帰してからだ。毎日少しずつ物語の世界に浸《ひた》る時間を、玖留実は結構気に入っている。悩んでいる間にトーストが焼き上がり、壁を見上げて閃《ひらめ》いた。

ゲームをするのはどうだろう。帰省中に兄から流行《はや》りのソフトを借りている。すぐには返せないと遠慮したが、快く貸してもらえたのだ。少しわくわくした玖留実は、つい日々の癖で手早く食事と家事を済ませると、準備したゲーム機の電源を入れた。賑やかな旋律が、一人の部屋を明るくした。

だが、プレイ時間が五分、十分と進むにつれて、違和感が徐々に募っていった。楽しいのだが、何かが違う。体調が良くない所為《せい》だと思いたいが、どうもそうではなさそうだ。ゲーム機の電源をセーブもせずに落とした玖留実は、試しに本棚からいつか読むと決めていた古典文学を選んでみたが、五分と経たずにページを閉じた。違和感が増した代わりに、その正体には気付いていた。「あーあ……」と落胆を声に出して、玖留実はごろんと横になった。

時間ができたらやりたいことは、どれも気持ちの賞味期限が切れていた。

今の玖留実がやりたいことは、何だろう？　仕事も一人暮らしも苦ではないが、忙しさを言い訳にして手放したものに気付いたら、何だか堪《たま》らなくなってしまった。やだな、メンタルが乱れてる、と自己分析していると、インターホンが鳴り響いた。

宅配便だろうか。ドアを開けに行った玖留実は、驚いた。

「あ。昨日の」

「こんにちは」

二〇六号室の男の子だ。昨夜のような私服姿で、頰を緊張気味に赤く染めている。

快晴の空のように一点の曇《くも》りもない瞳は、社会に出て五年以上になる玖留実には眩《まぶ》し過ぎた。

「今日は、お仕事じゃないんですか？」

「はい。僕の会社、今日は休みなんです。それで、お隣さんも今日は休みなんじゃないかって……」

おずおずと喋り出した隣人——名前は確か、米倉悟志《よねくらさとし》。引っ越しの挨拶で、名刺をもらっていた。玖留実は、首を捻《ひね》った。

「どうして、私が休みだと思ったんですか？」

「それは……昨日、具合が悪そうでしたから」

なぜか頬をますます染めた隣人は、まるで果たし状でも突きつけるように、玖留実へビニール袋を渡してきた。

「昨日はリンゴ、ありがとうございました。ジャムを作ったので食べてください」

「えっ？」

玖留実は、鳩が豆鉄砲を食らったような顔をした。

作った？　ジャムを？　具合が悪そうな玖留実のために？

「お大事に」と呟《つぶや》いた隣人は、ロボットのような動きで去っていった。玖留実も、ふらふらと部屋に戻った。率直に、変わった奴だという感想を持った。

ビニール袋を覗き込むと、小さなジャムの瓶が一つ。しばらく見下ろした玖留実は、戸棚からいそいそとスプーンを取り出した。

朝食のトーストには間に合わなかったが、とにかく今、一口だけ。だが、蓋《ふた》を開けた玖留実は、異変に気付くことになる。

「……んっ!?」


数分後、玖留実の姿は二〇六号室の前にあった。

インターホンを強く押して、物々しい仁王立《におうだ》ちで待つこと十秒。扉から出てきた隣人は、待ち受けていた玖留実を見るなり、なまはげに襲われた子どものような顔をした。

「ひえっ……な、何か……?」

「さっきのジャム、味見した?」

「へっ?」

　隣人は呆《ほう》けていた。味も知らないものをよく他人に渡そうと思ったな！　と文句が大爆発しかけたが、玖留実は無言でジャムの瓶を突き出した。黄金色《こがねいろ》のペーストには、スプーンが卒塔婆《そとば》のように刺さっている。隣人は思い当たる節でもあるのか、まさか、と言わんばかりに目を剝《む》いてから、ＲＰＧの勇者が伝説の剣でも引き抜くようにスプーンを構え、おっかなびっくり口に運んだ。そして「おうっふ！」と謎の叫びを上げて背を仰《の》け反《ぞ》らせた。玖留実の拳《こぶし》は怒りで震えた。

「すみませんでした！　昨日、砂糖を足すつもりが、間違えて塩を……今朝は成功したから、そっちを渡す予定で、失敗した方は何とか再利用できないかって、考えてたんですけど……」

　隣人は、すっかり涙目だ。故意ではなく事故らしい。玖留実は、短く息を吐いた。

「ねえ、これから暇？」

「はいっ？　ひ、暇ですけど」

「お昼ご飯の予定は？」

「えっと、まだ何も……」

「はい、決まり。今すぐ来て」

「え、え、えっ？」

同僚たちがこの展開を知れば、どう思うだろう。休日でも世話焼きを発揮してしまう己《おのれ》の性質に呆《あき》れながら、玖留実は隣人を自分の部屋へ連行した。

「悪いけど、私は時々座って作業させてね。まずはフライパンにオリーブ油を引いて。小さじ一くらいね。正確じゃなくてもいいから」

台所でまごついている隣人へ、玖留実はエプロンを手渡した。続いて冷蔵庫から厚切りベーコンを出しながら「米倉くんは、普段どれくらい自炊してるの？」と訊いてみる。

「一応、毎日してます。でも、レパートリーが少なくて」

小声で答えた隣人は、玖留実の機嫌が気になるようだ。ふっと微笑した玖留実は「どういう料理を作るの？」とフランクな調子で語りかけた。

「牛丼とか、野菜をざーっと炒めたのとか、炒飯《チャーハン》とか……炒め物ばっかりです」

実際にその通りなのだろう。ジャムに塩を足すくらいなのだから。だが、オリーブ油を計量スプーンで受ける手つきは丁寧で、優しい性格なのだろう。体調を崩した隣人を気にして、作ったこともないジャムを作るくらいには。

「私も、最初は炒め物ばっかりだったな。仕事に慣れるまでは大変だしね」

「あの、今から何するんですか？」

「何って、お昼ご飯の準備だけど」

「お昼って、まさかそれ使うんですかっ？」

「もちろん。再利用するんでしょ？」

玖留実も、このジャムの味は確認済みだ。塩気はあるが、リンゴと砂糖の甘みも生きている。隣人が大げさな反応をするほどではない。

「確認だけど、砂糖と塩の他に何か入れた？」

「えっと、レモン汁を最後に一滴」

「いいね。これで塩を足してなかったら、美味しいジャムになったのに」

すみません、と隣人は肩を落としたが、立ち直りは早かった。「どう再利用するんですか？」と無邪気に訊くので、玖留実はジャムをスプーンで掬《すく》い取り、ベーコンの塊《かたまり》へ塗り広げた。隣人はホラー映画さながらの悲鳴で騒ぎ出した。

「大丈夫なんですか、それ！」

「下味として扱えば問題なし。うちでカルボナーラを作るときだって塩漬けの豚肉を使うけど、あれと要領は同じ。パスタのソースの塩分は、豚肉が持つ塩分だけ。はい、こんな感じで塗ってくれる？」

隣人は、こわごわとスプーンを手に従った。玖留実もオーブンレンジを予熱にセットし、次の準備に取りかかる。卵、ヨーグルト、小麦粉、ベーキングパウダー、リンゴ一個を集めて丸テーブルへ移動する。一人暮らしの台所は、他人同士の二人が並んで調理するには狭すぎる。

「ベーコンは一口大に切って、小皿に移しといてね」

「形とか、切り方ってどうすれば」

「何でもいいよ。不格好でも、適当で。美味しく食べられたら一緒だしさ」

にっと玖留実が笑うと、悟志の顔から不安げな影が消えた。「はい」と真面目に答えて包丁を握る様は、自炊の経験が活きていると分かるものだ。

「まな板は洗ったらこっちに回して。あと、棚の下に大きいパイ皿があるから、一緒に持ってきてくれると助かる」

「分かりました。あの、その」

「ん？　何か分からないことでもある？」

「あ、いえ……今さらで、すごく失礼な質問なんですけど」

隣人はまな板を洗いながら、申し訳なさそうに言った。

「お隣さんの名字、なんて読むんでしたっけ」

玖留実は、拍子抜《ひょうしぬ》けした。初対面で名乗ったはずだが、思えば隣人はあのとき、ガチガチに緊張していた。小麦粉をボウルへふるい入れながら、「アキ」と短く名乗った。

「安心の安に、芸術の芸で、安芸《あき》。あんまり見ない名字だよね」

「アキ、さん」

壊れ物に触れるような丁寧さに、どきりとした。名前を呼ばれた気になるなんてどうかしている。やはりメンタルが乱れている。別のボウルへ材料を加えながら「名字で呼ばれるの、久しぶり」と誤魔化すと、隣人が不思議がる気配があったから、軽く笑って打ち明けた。

「私の下の名前、クルミなんだけど、後輩にもう一人クルミがいてね。社員同士が仲の良い会社で、いつの間にかみんな名前で呼び合い始めて。さばさばした方の私がルミで、可愛い方がクルミ」

「可愛い方、って。何ですか、それ」

蛇口が捻られ、水音が止まる。束《つか》の間静かになった部屋の片隅から、何だか怒ったような顔の隣人が振り向いた。もしや本当に怒っているのだろうか。玖留実は目を瞬《しばたた》いたが、さっきの台詞《せりふ》が卑屈に聞こえた所為かと解釈して、少し慌《あわ》てて言い添えた。

「ごめん、不愉快な言い方で。でも本当に、あーこれは惚《ほ》れるわって同性でも思うくらいに可愛い子で」

「可愛い方って区別の仕方、アキさんに失礼ですよ。アキさんだって、かわ……」

「かわ？　ああ、無理しないでいいよ。年上だからって気を遣わなくたっていいし。あ、そこの食パン取ってくれる？　続きは私がやるからさ」

耳まで真っ赤になった隣人は、「ち、ちが」だの「ほんとに、かわ」だの、アラサーには分からない若者言葉を喋っていたが、玖留実はボウルの中身を泡だて器でかしゃかしゃ混ぜるのに忙しく、最後まで聞かなかった。ただ、小麦粉の白と卵の橙《だいだい》がカスタード色に溶け合うにつれて、二〇六号室の隣人という存在に、実直な人となりが結びついて、米倉悟志という実体のある人間の姿が見えてきたから、玖留実は小さく笑った。でき上がった生地《きじ》をパイ皿へ流し込み、素早く切ったリンゴを敷き詰めてから、残り半分を注ぎ足す様子を、悟志がしげしげと眺めている。

「もしかして、ケーキですか?」

「そ。ヨーグルトポムポムって名前のケーキ」

「ぽむ?」

「ポムはフランス語でリンゴ。米倉くん、フライパンを中火で温めてくれる?」

悟志は指示に慣れたのか「はい」とすんなり答えてから、ふわっと優しい笑い方をした。大昔に風邪で寝込んだときに、家族が作ってくれた卵粥のような温度の笑みだ。

「アキさんって、料理がお好きなんですね」

「え?」

料理が好き。咄嗟《とっさ》に反応を返せなかった。当たり前のことを言われた所為だ。

「だって、凝った料理に詳しいじゃないですか。すげー作業早いし。あ、すみません。すげーとか言っちゃって」

悟志は慌てていたが、玖留実は何だかすっきりした。今朝の悪夢の断片が、雪解けのように消えていく。たとえ何を手放しても、明日が急に脅《おびや》かされても、白雪姫は目を覚ます。そうしてまだ続く世界を、澄んだ瞳で見上げるのだ。

「そうか。今の私がやりたいことは料理だったか」

「アキさん？」

「何でも。さ、焼くよ」

パイ皿をオーブンに入れてから、熱したフライパンにベーコンを投入すると、油が真夏の通り雨のような盛大さで、自由気ままに飛び跳ねた。じっくり焼いてから白ワインを回しかけると、果物の風味にアルコールが調和する。玖留実は、冷蔵庫から玉ねぎのみじん切りを盛った小皿と、スライスチーズも二枚出した。明日の朝食のピザトースト用だが、構わない。明日のことは、明日考えよう。

そう思えるくらいに、今が楽しい。

「ベーコンと玉ねぎとチーズをパンに載せて、トースターで焼いたら完成。すぐにケーキも焼けるから、早く片付けてお昼にしよう」

調理の後片付けを始めると、悟志に真面目な顔で「休んでください」と頼まれたので、玖留実はお言葉に甘えて座ることにした。オーブンからはリンゴとヨーグルトの甘さが春の訪れのように漂い、日差しでぽかぽかした部屋で二人、取り留めのない話をした。

悟志は、職場でもおっちょこちょいを発揮して、上司に呆れられていること。最近は仕事が忙しく、ゲームのプレイ時間が減ったこと。そんな生活にも慣れ始め、そんな自分が少し寂しいこと。

分かるよ、と玖留実は頷《うなず》いた。本当に、他人事《ひとごと》ではないくらいに。けれど、その気持ちを悟志ほど素直に表現できそうになくて、そんな紛れもない大人として、玖留実も訥々《とつとつ》と語った。料理は実家で覚えたこと。身体は壊したが、頼りにされるのは嬉しいこと。今の生活を気に入っていること。

年下の男の子との会話は、時間の流れが何だかスローで、肩の力が心地よく抜けた。まだ玖留実が学生で、将来なんて何にも考えずに日向《ひなた》の縁側で寝転んでいた長閑《のどか》な時間が、甘い香りに乗って舞い戻ってきたかのようだった。

「うちのリンゴ、美味しいでしょ?」

食事の際は、打って変わって会話が減った。最初こそ玖留実は話しかけたが、頷いた悟志はトーストに熱心に齧《かじ》りついていた。ベーコンに染みた果物の風味が玉ねぎの甘さを引き立たせ、ケーキのリンゴも熱が入ったことで宝石のように透き通り、素朴な甘さが優しかった。残りをお土産《みやげ》として持たせると、悟志は礼儀正しく頭を下げて、二〇六号室へ帰っていった。手を振って見送った玖留実は、なんだかんだで動き回って疲れたので、充足感に包まれながら、少し眠ることにした。

次に起きた時、部屋の天井は薄紫色に染まっていた。夕日の光が窓から透明に射している。もうそんな時間なのだ。今度は夢を見なかった。玖留実は、少し軽くなった身体を起こして伸びをする。買い物に行かなくてはならない。洗面所で鏡を覗くと、浮かれた瞳の自分がいたから苦笑した。

悟志には悪いことをしてしまった。ひょっとしたら彼女だっていたかもしれないのに、突然家に連れ込まれて困っただろう。

ほんの数時間前の出来事は、甘いジャムに塩を混ぜてしまったような事故。玖留実の体調だって、早く回復しそうな兆《きざ》しがある。

きっともうあんな風に、二人で食卓をともにすることはないだろう。

「相手だって、同世代と話してる方が楽しいだろうし」

そう独りごちた玖留実は、玄関でスニーカーを突っかけて、外に出て――ドアノブにかかったビニール袋に気が付いた。

中には、ジャムの小瓶と、メモ書きが一枚。

――『今日はありがとうございました。昼食のお返しです。今度はちゃんと美味しい方です。ゆっくり休んで元気になってください。米倉』

「参ったな」

もう一度、玖留実は苦笑した。

ジャムのお返しは、何にしよう。休日の間にやりたいことが、一つ増えた。

澄とチョウの七日間

朋藤チルヲ

晴れた日には、つい顎《あご》を上げて空を見上げてしまう。

嬉しいニュースに心が躍ってしかたない日も、自分らしくないミスをやらかしてふさいでしまう日も、とくに何もない日でも。

青空は、どこまでも高く澄んで、変わらずいつもそこにあった。

僕がそうなるまでに至った、あの夏の七日間に起きた出来事を、どうか聞いて欲しい。


じいさんが死んだ。

母方のじいさんだ。早いうちから肝臓をやられていたらしいから、七十九まで生きられたのは、もはや大往生を遂げたと言ってもいい。

とはいえ、じいさんが身体をむしばむ病魔に手こずっていたことなど、亡くなって葬式に出て、そこで母の親戚から聞くまで僕は知らなかった。

じいさんと僕は、ずっと会っていなかった。

もう十年以上になる。

僕は当時ランドセルを夢見るようなガキンチョで、たびたび母の運転する車で連れていかれる母の実家で、大工の棟梁《とうりょう》だった筋骨隆々の男臭いじいさんに会うと、最初の十分くらいはひどく緊張したものだった。

じいさんは酒が大好きだった。しかし、どれだけ呑んでも悪酔いしたり、人が変わってしまったりすることはなく、いつもほがらかだった。

そんなじいさんの家には、いつも誰かしらの客人がいて、ばあさんが彼らを手料理でもてなし、夜通し宴《うたげ》が続くこともザラだった。

初めて泊まりがけで遊びに行ったときには、僕が布団に入ってからもにぎやかな酒を呑み続けていたじいさんが、朝は誰より早く起きて元気に現場に出かけていったことに、しこたま驚かされた。

そんな酒豪でパワフルなじいさんだったが、あっけなくばあさんに先に逝《い》かれてからは、さすがに酒の量が減った。少し、痩せた。

それから間もなく、母までもが交通事故でこの世から去ってしまうと、それ以降、母に関係する人間との関わりは、もちろんじいさんとも、プッツリと途絶えてしまった。


じいさんの葬式が終わった夕方、父さんが犬を連れてきた。

母の親戚だらけの精進落《しょうじんお》としに出席する気になれなかった僕と父さんは、火葬が済んだらさっさと斎場《さいじょう》を離れ、家に戻ってきていた。

着慣れない喪服を汗と格闘しながらさっさと脱いで、清めの塩の代わりにザッとシャワーを浴びた。ほぼ裸同然の恰好でくつろいでいると、いつのまにか出かけていた父さんが、車で庭に入ってきたのがわかった。

「なんだよ、この犬」

僕がいぶかしむ口調になってしまうのも無理はないと思う。

玄関に座り込んだ犬は、見たところ、雑種だ。鼻も耳もツンととがってシェパードっぽいが、毛は全体的に茶色。身体もそこまで大きくない。短い尻尾が、柴犬みたいにくるんと上を向いてまるまっている。

暑いのか小刻みに呼吸を繰り返して、プラム色の舌がだらんと垂れている。その先からしたたる粘りけのある雫《しずく》に、僕は顔をしかめた。

僕のことはもちろん、リードで繋がっている父さんのことも初めて見るはずだが、ボンヤリと見比べるだけで敵意はまるで感じられない。

僕は犬を飼ったことがないのでよくわからないが、そこそこの年齢なのかもしれない。

「じいさんの犬だ」

簡潔に父さんは答えた。

「じいさんの?」

「貰い手がいないそうなんだ。家《うち》で引き取ろうかと思って」

「何言ってんだよ」

僕はますます眉間にぐっと力を込めた。

我が家は一軒家だから、犬を飼うこと自体に支障はない。だけど、問題はそこではなかった。

「父さんは仕事だろ？　オレだって四月から社会人になったんだ。夜遅くまで誰も家にいないのに、どうやって面倒見られるっていうんだよ」

経済的な事情から、高校を出たら働くことは早くから決めていた。かねてからアルバイトをしていた大型スーパーマーケットの店長はいい人で、仕事はキツいが実入りがいい、ハード部門のチーフに僕を推薦してくれた。

「澄《とおる》。そしたら、コイツは殺処分行きだ」

寂しげに目をふせた父さんのその言葉に、喉の奥が詰まったような感覚を覚えた。

今日会ったばかりの犬に愛着なんて、正直ない。もともと、そんなに犬が好きだというわけでもない。動物を飼うことで、これまでの生活パターンが変えられてしまうことは必至で、それもわずらわしい。

だけど、じいさんの、犬。殺されてしまう？

「飯は朝と晩の二回で我慢してもらえばいいだろうし、散歩は早朝やるか、帰ってきて夜やったっていいじゃないか。もう老犬でおとなしいっていう話だし、それほど手を焼くこともないよ」

父さんの足元で、犬は新しい匂いにフンフンと鼻を鳴らしていた。

「……オレ、仕事終わったらクタクタだから、夜の散歩は無理だな」

横目で犬を見下ろしながらそう言う。父さんは安堵《あんど》の声を出した。

「散歩は父さんが帰ってきてからやるよ。澄は父さんができないとき、たまに朝早くやってくれればいいさ」

「犬って面倒くせーな」

「命を預かるっていうのはそういうことだ。でも、きっとじいさんは嬉しいだろうと思うよ」

「何が？」

視線を父さんに移す。父さんはキョロキョロしていた。やがてしゃがみこむと、靴箱の下の引き出しの取っ手に、持っていた赤いリードの先を結びつけはじめた。今夜、犬はここで寝かせるらしい。犬小屋を準備するまでの間に合わせのつもりだろう。

「かわいがっていた澄に愛犬を世話してもらえるなんてさ」

「かわいがってなんていねーだろ」

僕は吐き捨てるように言った。照れたわけじゃなかった。

父さんが少し悲しそうな目でこちらを見上げる。

「かわいかったんなら、母さんが死んだあとだって、連絡くらいしてくるだろ」

父さんは何も言わなかった。言えることがないのだ。当然だ。

「名前何て言うんだよ、そいつ」

「チョウタロウ」

「チョウタロウ？　長太郎かな。ネーミングセンスねーな、じいさん」

あまりのダサさに、僕は呆《あき》れたような、小馬鹿にしたような笑みを漏らしてしまった。いかにも昭和生まれの職人が付けそうな名前だ。

「腹減ってるだろうから、さっそく飯にしてあげよう。帰ってくる途中で買い出しをしてきたんだ。車の中にドッグフードがあるから、澄、取ってきて皿に出してあげてくれるか」

父さんは犬、長太郎の頭を撫でながら言った。長太郎は目を細めた。

名前を知ると、急に一個人としての存在を尊重しなければいけない気持ちが湧くから、不思議だ。

僕はいったん自分の部屋に行ってデニムを穿《は》いてから、サンダルをつっかけて庭に出て、停まっている青いデミオのハッチバックを開けた。

困ってしまったのは、それからだった。

父さんが母の親戚から手渡されたという長太郎専用の器に、買ってきたドッグフードを入れて出してやったとたん。

それまでワンともスンとも言わなかった長太郎が、突然吠えはじめた。隠していた敵意を唐突に表してきたようだった。歯をむき出し、明らかに僕たちを威嚇《いかく》しはじめたのだ。

「な、なんだよ急に」

「わからんな……適当に買ってきてしまったが、ドライのドッグフードよりウェットのほうがよかったんだろうか」

犬を飼い慣れていない僕たちは、他にこれといった原因が思いつかず、父さんは慌《あわ》ててまた近所のホームセンターへと向かった。しばらくして、缶詰のドッグフードと、新しい器が入った袋を抱えて戻ってきた。

だけど、結果は同じだった。吠えるだけで食べようとしない。古い器がもう嫌なのかと思って、新しい器で出してみたが変わらなかった。どうしたらいいのか。何が気に入らないのか。夜になっても吠えるのをやめないようだったら、近所から苦情がきてしまう。困った。

ところが、その点の心配は不要で、様子を見る以外に術《すべ》がない僕たちがそこから離れると、長太郎はおとなしくなった。

ドッグフードには口をつけようとしなかった。

腹が減れば食べるだろ。僕はそう思って放っておいた。

結局、朝になっても、ドッグフードはそのままだった。顔を洗うために洗面所に向かう途中で玄関に寄ると、長太郎は器に鼻先をくっつけたまま、小さくまるまって眠っていた。

「……親戚に訊いてみるか。もしかしたらじいさん、何か特殊なものでもあげていたのかもしれないし。このままじゃ弱ってしまうからな」

いつのまにか背後に立っていた父さんが、そう言った。

「……もう無関係な人らなのに、連絡しづらくねー？」

「長太郎に辛《つら》い思いをさせることに比べたら、何でもないことだよ」

父さんの声に目覚めたのか、長太郎は顔を上げて、くふん、と鳴いた。

父さんがじいさんのはとこだという男性に聞いた話では、長太郎が特別変わったものを食べていた記憶はないという。

ときどき、じいさんが自宅の裏の畑で作っていたキュウリやら、庭になった柿の実やらを、面白半分にあげていたこともあったそうだが、基本的にはドライのドッグフードを食べていたらしい。

その話にならって、仕事上がりに職場で袋に三本入ったキュウリを買って、そのうちの一本を試しに器に添えてみた。だめだった。長太郎は見向きもせず、僕に向かって親の仇《かたき》と言わんばかりに吠えるだけだ。

「なんだよ、ちくしょう！　うるせぇな！」

人の気も知らずに。僕たちはお前のためを想ってやっているのに。

僕は猛烈に腹が立って、キュウリを長太郎の頭に向かって投げつけた。

まぁまぁ大振りなキュウリは長太郎の鼻先で跳ね返り、長太郎は痛みと驚きで、ギャウン！　と鳴いた。

「――じいさんはもういねーんだぞ！　お前のことがわかるやつは、この世にもういねーんだよ！」

長太郎に向かって言ったつもりだった。だけども、その言葉はそっくりそのまま自分の胸に突き刺さって、驚いた。

もうずいぶん会っていなかった、じいさん。その面影は、もうおぼろげにしか思い出せない。死んだって聞いたって、とくに悲しくもなかった。

長太郎はつぶらな瞳でじっと僕を見上げていた。やっとすべてに気づいて、ショックを受けて茫然《ぼうぜん》としているように見えた。なぜだか、泣きたくなった。喉の奥がひくついた。

「どうしたんだ？」

風呂に入っていた父さんが、バスタオルで頭を拭きながら慌ただしく玄関にやってきた。玄関マットの上に立ち尽くす僕と、そんな僕を座り込んで見上げたままの長太郎の顔を交互に見る。

「……何でも」

僕はゴクンと唾《つば》を飲み込むと、ポツリとつぶやいた。

それから、素足をサンダルに突っ込み、長太郎の隣に腰を下ろした。袋に残っていたキュウリを取り出し、そのままボリボリかじる。

ヤケクソな気分だった。

すると、思いがけないことが起こった。

長太郎は僕の腰に横っ腹をこすりつけるようにして座り直し、そして、器の中のドッグフードを食べはじめた。さすがに腹が減っていたんだろう、むさぼり食うように。

パジャマ代わりのTシャツ越しに、長太郎の温《ぬく》もりが伝わってきた。硬いゴワゴワした毛のくせして、その温度はやたらとやわらかい。

僕がポカンと口を開けていると、長太郎は器から顔を上げた。鼻先でスンスン鳴いた。促されているように感じて、またキュウリを一口かじる。

それを見て安心したように、長太郎もまた器に顔をうずめた。

父さんは息を漏らすようにして、おかしそうに笑った。

「……そうか。いつもじいさんとそうやって食べていたのか。腹が減ってるんじゃないかって、逆に心配してくれていたんだな」

「マジかよ……」

犬がそんなことを考えるなんて、信じられなかった。

「親戚から聞いた話は、もうひとつあってな」

父さんはそう切り出しながら、玄関マットの上に腰を下ろした。足は裸足《はだし》のまま玄関の床につける。

「澄は勘違いしているみたいだが、実は、チョウタロウの『チョウ』は『長』じゃないんだ」

「え？」

そう種明かしをされても、とっさに思いつく字がなかった。

「『澄』って珍しい名前だろう？　名付け親は、じいさんだ。機会がなかったから、今まで話したことがなかったけどな」

「そうだったんだ」

「うん。『澄清《ちょうせい》』という言葉から取ったそうだよ。澄んだ空を意味している。世の中が清らかで穏やかになる、という意味もある。かわいい孫には、青く澄んだ空のように清らかで、また、周りをいつでも穏やかにするような人間になって欲しいと願ったんだ」

「まさか……」

僕は長太郎を見た。いや、もう僕の中で『長太郎』ではなかった。

「チョウタロウの本当の名前、って言うのも変だな。この子の名前は『澄太郎』だ。澄と会わなくなったちょうどその頃に、じいさんがどこからか貰ってきたんだと」

父さんはうんと腕を伸ばして、澄太郎を撫でた。

さっきまでなら、ちょっと触れただけでも噛みついてきそうにしていた澄太郎は、ドッグフードを食《は》みながら、ただ穏やかに目を細めた。

「もしかしたら、じいさんは、いつも澄太郎とこうやって寄り添い合って食べながら、お前と並んで食べているつもりだったのかもしれない」

「オレと……？」

「だって、いくら犬好きだって、大の男が毎回ピッタリくっついて飯食うか？」

父さんは手を口に当てて噴き出した。まぁ、よく考えれば、そうだ。

「お前はじいさんが好きだったからな。よく隣に座ってくっついて飯を食っていた。

あの男気の強いじいさんのことだ、自分から言うことはなかったけど、あの頃が、じいさんはいちばん幸せだったのかもしれないな」

僕の名前を付けられた、犬の『澄太郎』。

目頭《めがしら》が急に熱くなって、僕はうつむいた。

そうだ。思い出した。僕は、実家に行くたび最初は緊張したけど、すぐに気持ちがほぐれてからは、じいさんにベッタリだった。

僕は、僕のことをかわいかったって言うんなら、母が死んだあとにどうして連絡をしてこなかった、って責めた。

でも、それを言うなら、僕だって、だ。

あんなに大好きだったじいさんに、どうして一度もこちらから連絡を取らなかったんだ。電話をするのなんて、簡単だったはずだ。この世からいなくなってしまう前に、どうして会いに行かなかった。

僕は、怖かったんだ。

母が亡くなったとき、突発的に娘を失って、深い悲しみに暮れながらも、それに耐えるじいさんを見て、僕は子供なりにもう近づいちゃいけない気がした。僕の存在が、母を思い出させるんじゃないかって。

そうしているうちに、そこそこな大人になって、もう無邪気に大好きだと伝えることもできない。気がついたら、今さら会っても、どうやって接したらいいのかがわからなくなってしまっていた。

僕に遠慮するじいさんを見るのなんて、辛すぎて、怖かった。

もしかしたら、じいさんも、そうだったのかもしれない。

澄太郎が、僕の足首を舐《な》めた。ぬるんとして、温かい。僕の目に映る澄太郎は、ひどくゆがんでいた。

父さんと僕は、澄太郎がきれいにドッグフードを食べ終えるまで、ただ黙ってそこにい続けた。


次の日、仕事が休みだった父さんは、ホームセンターで犬小屋を買ってきた。赤い屋根のやつだ。澄太郎の茶色い毛並みによく似合う。

澄太郎が外で過ごすようになっても、僕は澄太郎と寄り添って食事をした。朝は焼いた食パンをかじりながら。夜は手で持って食べられるおにぎりにして。

夏の太陽は、朝早い時間から、爆発するエネルギーそのもののようなのだと知った。夏の夜の月は、先端からほとほと光がこぼれてくるようなのだと知った。

澄太郎は、いつだって満足げに食事をし、そして空を見上げていた。

じいさんの家でも、犬小屋は外にあったはずだ。じいさんと二人で、こうやって自然のロードショーをいくつ見上げたのだろう。

そう考えると、じいさんが僕たちのすぐ近くにいるように感じられた。


七日目の朝、異変が起きた。よく晴れた日だった。

ドッグフードを手に呼びかけても、澄太郎が犬小屋の中にまるまったまま出てこない。見ると、呼吸が浅い。

「――澄太郎!?」

慌てて父さんを呼びに家に戻った。急いで二人で出てきて、頭をぶつけるようにして犬小屋を覗いたときも、澄太郎はあいかわらずだった。

父さんは無理やり澄太郎を引っ張り出そうとした。動物病院に連れていこうとしたのだ。だけど、どうしても澄太郎は出てこなかった。

しかたなく、一か八かで、医者のほうから出向いてもらえないかと電話をしてみた。獣医は年老いた男性で、快く請け合ってくれた。

十五分もしないでやってきてくれた獣医は、残念だが寿命だ、と告げた。

獣医が帰ったあと、僕も父さんも、呆《ほう》けたようにそこから動けなかった。仕事にも行かず、犬小屋の中で浅く腹を上下させる澄太郎を、ただただ眺めていた。

たった七日前に、僕たちのもとにやってきた澄太郎。だけど、その短い期間に、大事なことをたくさん教えてくれた。大切な家族。

やがて、澄太郎の呼吸が不規則になり、その間隔が狭くなってきた。

その頃には、茶色い手足を投げ出していた。その先端がビクリビクリと痙攣《けいれん》しはじめると、僕はこらえきれずに涙を流した。

その体温を感じたいと、そして、澄太郎に安心を与えたいと、僕はその身体に向かって手を伸ばした。

そのとき、澄太郎が顔を上げた。渾身の力を振りしぼって、ヨロヨロと犬小屋の外に出てきた。

「澄太郎……？」

そして、情けなく頬を濡らした僕のかたわらに寄り添い、空を見上げた。透明な瞳が、空の青を映す。僕も空を見上げた。父さんも。

「じいさん……？」

そこには、ほがらかな、優しい笑みを浮かべたじいさんが立っていた。

怖くなかった。僕はハッキリと思い出していた。そうだ、じいさんはこんなふうに笑う人だった。

そうか。迎えにきてくれたのか。

澄太郎は幸せそうに目を細めた。そして、そのまますうするすると力尽きた。

僕は、嗚咽《おえつ》をこらえようと手を噛んでいた。父さんはいつのまにやら立ち上がっていて、どこまでも高い空に向かって深く一礼をしていた。

これが、あの夏の七日間に起きたすべてだ。

あの日以降、僕は、晴れた日にはつい空を見上げてしまう。

そこに、不器用ながら愛に溢れたひとりの老人と、彼を心底愛した優しい一匹の犬が、一緒に笑っているような気がして。

あんぱん

星賀勇一郎

今日はどっちつかずの空。

雨でもなく、晴れでもなく。

お天気お姉さんに言わせると曇《くも》り空。

だけど私は色んな曇り空があると思うの。

それを朝のテレビは、

「今日は曇りでしょう」

の一言で済ませてしまう。

それがあまり好きじゃない。

「今日はあんぱん日和《びより》だね……」

なんて曇り空を見るとおばあちゃんが言ってた。

何故かって何度か訊いたけど、おばあちゃんはにっこり笑うだけで、その理由は教えてくれなかった。

何故、曇りの日は「あんぱん日和」なのか。

これはおばあちゃんが死んでしまった今、永遠の謎になった。

私は窓から見える曇り空を見上げて、その空に微笑んでみた。

上手《うま》く笑えているんだろうか。


私は窓を閉めて、パジャマ代わりのTシャツを脱いだ。

お気に入りのTシャツとパーカー、ジーンズ姿で階段を下りた。

そのまま玄関へ。


「何処《どこ》行くの」

ママがキッチンから大声で言う。

「ちょっと出かけてくる」

ママが玄関までやって来た。

「ご飯も食べずに何処行くのよ。顔も洗ってないでしょ……」

「すぐ戻るから」

私は自転車の鍵を取るとドアを開けた。

そしてガレージの自転車に跨《また》がり、一気に走り出す。

ママは外まで出て来て、

「すぐ戻るのよ」

大声で言う。


ママは私のことを「鉄砲玉」って言う。

何だっけ、怖い人たちの世界のソレじゃなくて、「一旦出て行くと戻らないヤツ」

って意味らしい。

戻らなかったことなんてないのに。
失礼よね……。
気のせいか自転車はいつもより軽快に走っているみたいだった。
キコキコ鳴る錆《さ》びたペダルも今日は静か。
春の風が心地良い。
先週までは寒い冬の風が吹いていたのに、今週に入ると一気に春が来た感じ。
「暑さ寒さも彼岸《ひがん》まで」
あ、これも死んだおばあちゃんがよく言ってた言葉だ。
私は坂を勢いよく上り、川沿いの道に出た。
もう少しするとこの川沿いの道は桜の花でピンク色に染まる。

その桜吹雪の中を私はこの自転車で通学する。

でも、舞い散る花びらって口に入ったりするのよね……。

南から吹く風が私の髪をサラサラとなびかせる。

うん、気持ちいい。

この川沿いの道はウォーキングする人たちが多く、最近はスティックを両手に持った、何だっけ……、ノルディックスタイルのおばさんが増えた。スティックを突くだけで、少し楽に歩けるらしい。

大きな水門が見えて来た。

学校に行く時はこの水門の先にある橋を渡る。

けど今は春休み。
短い休みだけど、私は夏休みよりも好き。
何故って決まってるじゃん。
宿題が無いから。
そしてドキドキの新学期が始まる。
誰と同じクラスになるか。
それで高校生活が楽しいモノになるかどうかがかかってるんだから。

今日はその水門を横目にさらに川を下る。
この水門を越えると汽水域って言うらしい。
海水と淡水が混ざって塩分の濃度が低い場所らしい。
生物の本郷《ほんごう》先生が言ってた。
汽水域でしか生きられない魚もいるんだって。

「菜緒子《なおこ》」

後ろから私を呼ぶ声が聞こえた。

私が自転車を止めて振り返ると、三納代今日子《みなしろきようこ》が手を振ってた。

私も大きく三納代今日子に手を振った。


三納代今日子は我が校のテニス部のエース。


「おはよう。三納代今日子」

私たちは何故か、この三納代今日子をフルネームで呼ぶ。

特に理由はないんだけど、何故か三納代今日子だけはミナシロキョウコって呼ぶ。


どうやらランニングしてたみたい。

三納代今日子は私の傍まで来て膝《ひざ》に手を突くと、息を整えていた。

「何度も呼んだのに……」

ハアハアと息をしながら三納代今日子は私に微笑む。

「ごめんごめん。全然気付かなかったよ」

私は自転車に跨がったまま、三納代今日子の肩を叩いた。

「何、朝のランニング」

「うん。一日でもサボると、そのまま走らなくなっちゃいそうだからね」

「さすがは三納代今日子……。ストイックだね」

三納代今日子はまた私に微笑む。


「で、菜緒子は何処に向かってるの」

「駅の近くのパン屋さん」

三納代今日子は首に掛けたタオルで汗を拭く。

「パン屋……。駅前まで……。そんなところまで行かなくてもパン屋あるでしょ」

「今日はあんぱん日和だからね……」

私は三納代今日子に微笑んでみせた。

「あんぱん日和……。何それ……」

三納代今日子は笑った。

「わかんないけど……。そうらしいのよ……」

だって本当にわからないんだもん。

「菜緒子らしいね……。美味《おい》しいあんぱんのために何処までもってところが」

「私が食い意地張ってるみたいに言わないでよ」

そう言って二人で声を出して笑った。


「じゃあ、頑張って」

三納代今日子は私の肩を叩いて、川沿いの道から下の道へと下って行った。

「三納代今日子もがんばって」

私が大声で言うと、三納代今日子は振り返って手を振った。

私は三納代今日子の背中を見送るとまた自転車を走らせた。


しばらく行くと大きなスーツケースを引き摺る信治《しんじ》を見つけた。

私はゆっくりと信治に近付く。

そして前に回り込んで自転車を止めた。

「おはよ、信治」

信治は眠そうな顔でぼぉっと私を見てた。

普段見ない信治の表情に、私は何か特別な気がした。

「菜緒子か……」

信治はそう言ってまた歩き出す。

私は自転車を下りて信治の横を歩いた。

「何、旅行……」

私は信治の顔を横から覗き込む。

「合宿……部活のね……」

嫌そうに苦笑しながら信治は言う。

「春休みくらいゆっくりさせてくれれば良いのにな……」

信治はそんな上手くないのに真剣にサッカーに取り組む。

そのやる気だけでレギュラーの座を勝ち取った強者《つわもの》でもある。

「合宿かぁ……いいね。何処でやるの」

「何とか高原……。まだ雪も残ってるらしいんだけどね……。そんなところでサッカーなんてやると風邪引いちまうよ……」

私はその信治の本当の姿がおかしかった。

クスクス笑っていると、

「何がおかしいんだよ」

と、信治は立ち止まって私に言う。

「ごめんごめん。有難迷惑《ありがためいわく》な合宿ってのも大変だよね……」

「そうなんだよな……。けど、有本《ありもと》も樫木《かしき》も来るんだよ。マネージャーまで合宿連れて行かなくてもな……」

有本友里《ゆり》と樫木洋子《ようこ》は同じく同級生で、サッカー部のマネージャーをしてる二人。

「電車で行くの……」

「駅前にバスが来るらしいんだ。ところでお前は何してるんだよ……」

信治はまた歩き出す。

「私は駅前のパン屋さんまで……」

何故か私の足取りは軽くなる。

弾むように自転車を押しながら歩いていた。

「駅前のパン屋……。何でそんなところまでパン買いに行くんだよ……」

私は三納代今日子と同じことを言う信治がおかしかった。

「いいのいいの……。今日は駅前のパン屋のあんぱん気分なのよ……」

信治はまた立ち止まる。そして私のことをじっと見てる。

「な、何よ……」

「あんぱん日和……ってやつか……」

信治の口から「あんぱん日和」って言葉が出たことに驚いた。


「それって……」


信治はまた歩き出す。

「お前の言ってるパン屋って駅前の新しいパン屋じゃなくて、三好堂《みよしどう》のことだろ」

そう。

おばあちゃんが言ってたパン屋っていうのは昔からある三好堂ってパン屋のこと。

私は無言で頷《うなず》いた。

「うちのじいさんが言うんだよ。たまに……。今日はあんぱん日和だな……って」

おばあちゃんと同じだ。


「何でかは知らないんだけどさ。あんぱんが安い日なのか」

私は首を横に振る。

「私のおばあちゃんも言ってたのよ。あんぱん日和って……」

信治はまた立ち止まる。

「うちのじいさんと老人会一緒だったモンな……。老人会で流行《はや》ってるのかな……」

信治はそう言うと曇った中途半端な空を見上げた。

「この曇り空があんぱん日和ってことなのか……」

私は首を傾げる。

「ボケてんのかな……じいさん」

信治は歯を見せて笑った。

「信治」

交差点の向こうでサッカー部の男子が信治を呼んでる。

信治はその仲間に手を上げて返事をした。

「じゃあ行くわ。菜緒子、またな」

信治はそう言って道の向こうに走って行った。


「あんぱん日和……か……」

私は空を見上げてそう呟《つぶや》いた。

とにかく、行ってみよう……。

三好堂。


私は自転車に乗り、ペダルを踏み込んだ。

駅前のロータリーは数年前に新しくなり、人の流れが少し変わったらしい。

三好堂はその古い通りにある。

おばあちゃんが子供の頃からあるって言ってたから、随分と昔からあるってことになる。

パパがこの三好堂のジャムパンが好きで、今でもたまにママに隠れて食べている。糖尿病だから食べちゃダメってママが怒ってるのを聞いて、かわいそうな時もある。

「三好堂はジャムパンだけは最高に美味《うま》いんだよ」

なんてパパも言ってた。

あれ……。

ジャムパン……。

ジャムパンだけ……。

え……、ジャムパンだけが美味しいの……。

私は思わず自転車のブレーキを握る。

いつものようにキーって音がして自転車は止まった。

どういうことなんだろう……。

ジャムパンが美味しいのに、何故、あんぱん日和はあんぱんなの……。

曇った日はあんぱんが美味しくなるの……。

どういうこと……。

湿度とか気温とか……。

もう変な謎、残さないでよね……おばあちゃん。

私は駅前の通りに自転車を押して入った。

自転車を下りなきゃいけない程の人通りでもないんだけど。

ロータリーには信治たちを迎えに来たバスが停まってた。

バスの傍に友里と洋子の姿が見えた。

声を掛けようと思ったがやめた。

向こうはちゃんと制服姿なのに私は休日のラフな格好。

私は見つからないように旧通りに入る。

昔からある古い本屋、電器屋、薬屋、服屋……。

そして三好堂。

それ以外は営業してるのかどうかもわからない。

考えてみると、あんぱんなんて自分で買ったことないかもしれない。

学食で買うパンも惣菜《そうざい》パンなんかばっかりで、あんぱんはいつも売れ残っているイメージがある。


「あんぱんはね。潰して食べるのが正しい食べ方なんだよ」

おばあちゃんはそう言って手であんぱんを挟み、潰して食べてた。

「こうするとね、中のあんがちゃんと隅々《すみずみ》まで広がるのよ……」

ニコニコ笑いながらそのあんぱんを半分こして私にくれた。

確かにおばあちゃんと半分こして食べたあんぱんは端っこまであんが入っていた。

小さかった私は、同じようにあんぱんを潰してみたけど、力が弱くてあんぱんが上手く潰れない。

それを見ておばあちゃんは、

「菜緒子はまだ小さいから、ちゃんとあんぱんを潰せないね……」

そう言って、座布団の下にあんぱんを袋ごと入れた。


「この上に座ってごらん」

私はあんぱんの上に敷いた座布団に座った。

「お行儀の悪いことだけどね……。あんぱんだけは上に座っても許してくれるよ」

おばあちゃんはニコニコ笑いながら私にそう言った。

そして、私の体重で潰れたあんぱんを二人で分けて食べた。

私は三好堂の脇に自転車を停めた。
そして錆びて傾いた古い看板を見上げた。
「三好堂」
日に焼けて薄くなった文字は辛《かろ》うじて、そこが三好堂であることを主張していた。
だけど何処にも「あんぱん日和」なんて言葉は書かれていない。
私は意を決して建付けの悪い木の戸を開けた。

「いらっしゃい……」

店の中には腰の曲がったおばあさんが、白い三角巾を頭に巻いて立っていた。

三好堂……。

何度か子供の頃に来た記憶があった。

けど、一人で来たのは初めて。

今のパン屋さんみたいに自分でトレイに欲しいパンをのせてレジに持って行くんじゃなくて、木製のガラスケースの中のパンを入れてもらう。

そんな古いパン屋さん。

木製のガラスケースはもうすり減って角がなく、独特の光沢《こうたく》があった。

ガラスケースの中には、あんぱん、クリームパン、ジャムパン、コッペパン。そのコッペパンにクリームを挟んだモノ。

そんな素朴なパンだけが並んでいた。

「お嬢ちゃんたちが好きそうなパンはうちには置いてないかもね……」

レジに立つおばあさんは私に微笑んだ。

私もおばあさんに微笑み、首を横に振った。

「そんなことないですよ……。どれも美味しそう……」

私はガラスケースの中を覗き込んだ。

そして、中を指差した。

「あんぱんを三つと……」

おばあさんは紙袋を出して、ガラスケースを開けた。

「あんぱん三つ……」

手際良く紙袋にあんぱんが三つ入れられた。

「あとはクリームパン二つと……」

今日くらいはパパにもジャムパン食べさせてあげよう……。

「ジャムパン一つ……」

「クリームパン二つに、ジャムパン一つね……」

おばあさんはパンをまた袋に入れた。

私はポケットから財布を出してレジの前に立った。
おばあさんは古いレジを打つと、私の財布に目を留めた。
その視線につられて私は自分の財布を見た。

「お嬢ちゃん、喜代子《きよこ》さんのお孫さんかい」

おばあさんはおばあちゃんの名前を口にした。
私の財布には赤い「さるぼぼ」とか言うマスコットがぶら下がっていた。
確かおばあちゃんにもらったモノ。
私はそのマスコットをおばあさんに見せた。
おばあさんはニコッと笑って、私からお金を受け取った。

「私の生まれ故郷のお土産《みやげ》物なのよ。そのさるぼぼ……」
おばあさんはパンの入った袋を私の前に置く。

「そのさるぼぼは私が作ったモンなのよ……。喜代子さんに頼まれてね……。孫娘が健康に育ちますようにってね……」


おばあさんは何かを思い出したように指を一本出す。

「お腹《なか》の辺りを押してごらん」

私は言われるがままにさるぼぼのお腹を押す。

今まで気付きもしなかったが何か硬いモノが入っているのがわかった。

「なにか……。硬いモノが……」

おばあさんはニッコリと笑った。

「馬路《うまじ》が一粒入っているのよ……」

「馬路……」

私は首を傾げる。

「馬路大納言《だいなごん》って言ってね。美味しい小豆《あずき》だよ」

おばあさんはゆっくりとレジの向こうから出て来た。

「そうかい……。喜代子さんのね……」

おばあさんは頷きながら私の顔をじっと見ていた。


そうだ……。

おばあさんならわかるかもしれない……。


「あの……」

私の声におばあさんは微笑む。

「一つお伺いしたいことが……」

おばあさんは店の中にある長椅子にゆっくりと座った。

「何かしら……」

そしておばあさんは自分の横に私を招いてくれた。

「おばあちゃんが言ってたんですけど……」

私はおばあさんの横に座った。

おばあさんはゆっくりと頷く。

「おばあちゃんが空を見上げて、今日はあんぱん日和だって言ってたんです……。

あんぱん日和って一体何ですか……」

それを聞いて、おばあさんはクスクスと笑い始めた。

そして口を手で隠し、その笑い声は次第に大きくなっていった。

「喜代子さんが……。そんなことを……」


そう言ってまた声を上げて笑った。


何、どうしたの……。

訊いちゃいけないことだったの……。


「おい、食パン、上がったぞ」

店の奥からおじいさんが顔を出してそう言った。


「はいはい」

おばあさんはゆっくりと立ち上がって、

「ちょっと待っててね」

何故か小声でそう言うと店の奥に入って行った。

しばらくすると焼き立ての食パンを入れた箱を持っておばあさんは出て来た。

「あんぱん日和ね……。そんなことを言ってたのね……」

おばあさんはお茶を出してくれた。

「ずっと気になってて……」

おばあさんは小さく何度か頷いた。

「おじいさんが聞いたら気分悪くするといけないから……」

おばあさんは小声で言い、店の奥を気にしながら話を始めた。

「ここのパンはね。おじいさんが一人で作ってるのよ。だから沢山は作れないの……。機械も入れてないから、昔ながらの手作り。唯一《ゆいいつ》私が任されているのがジャムパンの苺《いちご》ジャム作りね……」

おばあさんは湯呑を取るとお茶を一口飲んだ。

「おい……」

店の奥からまたおじいさんが顔を覗かせた。

「ちょっと休憩するから……」

そして私に気付いたらしく、ニッコリ笑って、店の奥に戻って行った。

おばあさんはそのおじいさんを見送って、またお茶を飲んだ。

「パンの作り方知ってるかしら……」

おばあさんは私に訊いた。

「ええ……家庭科で習った程度ですけど……」

私はそう答えた。

おばあさんはニコニコ微笑みながら頷く。

「小麦を練って発酵《はっこう》させてから焼く。それがパンの基本ね……。その発酵ってのがね、晴れた日、雨の日、春、夏、秋、冬……それで微妙に加減が違うのよ……。そして一番難しいのが、今日みたいな天気の日。晴れでも雨でもない。そんな日が一番難しいのよ……」


おばあさんは私にお茶をすすめてくれた。

私は湯呑を取りすするように飲んだ。

美味しいお茶……。


「おじいさんが、こんな天候の日はパンの生地《きじ》作りに時間が掛かってしまってね。あんぱんのあんこを作る時間がないのよ……」

「はあ……」

おばあさんは湯呑をお盆に置くと、ガラスケースの向こうに回ってあんぱんを一つ取った。

「だから、今日みたいな天候の日だけは、あんこを私が作るのよ……」

おばあさんは手に取ったあんぱんを手で挟み潰した。

そして半分に割り、その半分を私にくれた。

おばあちゃんと一緒だ……。

私は半分のあんぱんをじっと見つめた。

「つまり、こんな日のあんぱんのあんこはおばあさんが作ったモノってことですね……」

おばあさんは微笑みながら無言で頷いていた。

そうか……。

それがあんぱん日和の正体か……。

おばあさんは私に近くに寄るように手招きする。

「パン作りはおじいさんには敵《かな》わないけど、ジャムもあんこもクリームもまだまだ私の方が美味しく作れるわ」

おばあさんは少し胸を張って言った。

私はそのおばあさんの姿を見て笑った。

爽快な気分で私は自転車に乗っていた。
おばあちゃんの言っていた「あんぱん日和」の謎が解けた。
三好堂のおばあさんが作るあんこ。
これがあんぱん日和の秘密だったんだ。
おばあさんに半分こしてもらったあんぱんはすごく美味しかった。
美味しいあんぱんとお茶を頂き、お礼を言ってお店を出た。

そして一気に家へと帰る。

空は相変わらず曇っていて、三好堂のおじいさんは今日一日パンの生地を作るのに苦労するんだと思う。
それでも、おじいさんが生地を作るのに苦労する分、美味しいあんこが出来るんだったらそれはそれで良いことなのかもしれない。


ふと、私は自転車に乗りながら考えた。

この町で「あんぱん日和」の謎を知っている人ってどのくらいいるのだろう……。

ううん、それ以前に三好堂のあんぱんがこんなに美味しいことを知っている人ってどのくらいいるのだろう。

私は「あんぱん日和」の謎が解けたことを早くおばあちゃんに伝えたくて帰り道を急いだ。


自転車の前の籠《かご》で三好堂の紙袋が揺れている。

少しパンが心配だったけど平気。

こんなことで三好堂のパンの味は変わらない。


自転車をガレージの中に突っ込んで、玄関のドアを開けた。

「ただいま」

私は大声で言うとそのまま、おばあちゃんの部屋に入った。

ドアを開けると、そこにはおばあちゃんが横になっていた。

そして顔には白い布が掛けられている。


おばあちゃんが昨日死んだ。


私はおばあちゃんが死んだことを受け入れることが出来ず、昨日は普通に生活した。

おばあちゃんの遺言《ゆいごん》でお葬式は家でやることになっていた。

今日はお通夜になる。

「おばあちゃん……」

私は横たわるおばあちゃんの横に座った。

そして三好堂のあんぱんをおばあちゃんの前に置いた。

「あんぱん日和だったから、買って来たよ……三好堂のあんぱん」

もちろんおばあちゃんは何も応えない。


「菜緒子、帰ったの……」

ママが後ろから声を掛ける。私は振り返って微笑んだ。

ママもすぐに三好堂の袋に気付いたのか、私に微笑んでくれた。

「そっか……あんぱん日和か……」

ママはそう言ってキッチンへと戻って行った。

ママも知ってるんだ……。

あんぱん日和。

私は、おばあちゃんの顔に掛かる白い布を取った。

薄《うっす》らと化粧をして綺麗だった。

「お、菜緒子。帰って来たか……」

パパがやって来て私の横に座った。

「三好堂のあんぱんか……」

パパもおばあちゃんの好きだったモノは知っているようだった。

「そうか……。今日はあんぱん日和だな……」

私は驚いてパパの顔を見た。

「パパも知ってるの……あんぱん日和」

パパはおばあちゃんに線香をあげながら頷いた。

「おばあちゃんに教えてもらったんだよ。曇った日の三好堂のあんぱんは最高傑作だって。おばあさんの作る最高のあんことおじいさんの作る最高のパン……。これを味わえるのは曇った日だけだって……」

私ははっとした。

そうか……。
おじいさんのあんこが美味しくないってことじゃないんだ。
二人で作るあんぱんが最高ってことなんだ……。
私は胸の中が温かくなっていくのを感じた。
「今日は忙しくなるぞ……飯食って支度しろよ……」
パパはそう言って出て行った。
私は立ち上がった。

MAKE THE CURRY

潜水艦7号

おもてなし

それは、軽はずみで出た言葉だった。

「ああ、いいよ。今度、君のために何か作ってあげるよ。何がいい？」

別に他意は無い。

付き合い始めたリリカに「一人住まいだから料理は自分でしている」と話をしたところ「だったら何か食べてみたい」と言われて、そう応じただけだ。

「ええ！　ホント?!　やったー！」

リリカは、まるで子供のように手を叩きながらピョンと飛び上がって喜んだ。ぱっつんボブの黒髪がふわりと揺れる。

くそ……可愛いぜ。

僕の男友達はそういう彼女の仕草を『あざとい』と言うが、僕はあまり気にしていない。

そして、彼女は満面の笑みで言ったんだ。

「じゃあ私、リュウ君の作ったカレーライスが食べてみたい！　私、カレーが大好きなの！」

……と。

「了解。カレーライス？　そのくらいでよければ全然ＯＫだ。じゃあ、また時間が出来たら連絡するよ」

そう約束して、その日のデートは別れたんだ。

その時、僕は深く考えてなんかいなかった。

カレーなんて、自分で食べるためによく作っているし、特に問題があるとも思えない。いつも通りに準備し……。


いや待て。

一応それでも「カレーが大好き」の真意だけはチェックしておこう。彼女が使っている画像投稿サイトに、何か関連する画像が投稿されているかも知れない。

手持ちのスマホで、聞いたＩＤを検索すると……。

やはりか！

思わず、頬がひきつる。

『絶品のインドネシアカレー』
『雑誌でも紹介された超有名カレー』
『この冬、絶対に流行《はや》るカレーの名店』
……等々。

ネットの画像には、『有名店』のカレーが並んでいた。

『カレーライスが大好き』
……なるほど、そういう意味か……っ！　これは手強《てごわ》いぞ……。

『甘く見ていた』

これは、完全に誤算だった。

『たかがカレー』と侮《あなど》っていた。

ここで仮に『単純に市販されているオウチマークのカレールゥで野菜を煮ました』なんて真似をしようもんなら、「あ……ああ、そう。『料理が出来る』って……そんな感じなのね……」と呆《あき》れられる可能性が高いではないか！　何しろ相手はカレーに関する百戦錬磨の強者《つわもの》だ。

マズいな……。

ここは、作戦を立てないと。

まず『王道の直球勝負』か『変わり種の変化球で躱《かわ》す』か、だが。

彼女がネットに上げている画像を見る限り、変化球の店は意外と少ない。むしろ直球の方が多い感じだ。

だとするなら、ここは僕も直球で勝負するべきだろう。

それも、彼女のハートにドスンと響くような豪速球を目指さねば！　僕は慌《あわ》てて、ネットでカレーのレシピを検索し始めた。

……うーん、と何々。『ルゥは自作するより、高級な市販品を使った方が使われている素材の種類が違うから間違いない』か……なるほど。ガラムマサラやら専用の香辛料を山ほど揃えるとなると大変だからどうしようと思っていたが、そこはクリアだな。


次に、煮込む具材をどうするか。

王道はやはり、ジャガイモ・人参《にんじん》・玉ねぎ・牛肉あたりか。

それについて、彼女の好みを見てみると……『有機栽培《オーガニック》』の文字が目立つな……彼女は有機栽培に興味があると見た。

であるとしたら、当然野菜も『有機栽培』を選択すべきだろう。

……何処《どこ》のスーパーに行けばあるんだ？　そんなの。

無論、ネットで調べれば売ってはいるだろうが……現物を見ないで買うのは危険だしな。

色々ネットで調べていると、隣の市にある農協が直売していることが分かった。

よし、ここからなら車で一時間も掛かるまい。楽勝だぜ！


ところが。

次の日の昼過ぎ、その農協に行って僕は驚いた。

「何これ……商品棚に商品がない……？」

野菜売り場に野菜が無いのだ。僅《わず》かに、オクラなどがポツンと残っている程度だ。

「あの……すいません」

店員さんを呼び止める。

「ジャガイモを買おうと思って来たんですが」

「ジャガイモ？」

いかにも『農家』という風情《ふぜい》のオジさん店員が、顔をしかめる。

「……兄さん、アンタ何が欲しいんだい？　男爵？　メークイン？　それともキタアカリかい？」

「へ？　いやその……カレーを作るのに使いたいんですが……」

思わずたじろぐ。

「なら、メークインかねぇ。うちの農協でメークインとなると山口さんの畑だけど……山口さんのメークインは人気だからねぇ。午前八時に開店して、八時五分には完売するよ？」

店員さんが、『アンタ、来るのが遅いよ』と言わんばかりに溜息をつく。

五分で完売するジャガイモ……そんなの、初めて聞いた。あんなの、スーパーに行けば年中あるのに！

これは……思っていたよりハードな戦いになると、僕は身震いがした。

野菜は競争

次の日。

僕は八時五分前にその農協へ行き、店に入ることもなく、そのまま無念の帰宅となった。

何しろ、僕が店に着いた頃には駐車場に車を停めるのも一苦労なほどの大混雑で、シャッター前には大行列が出来ていたのだ。

そして、開店の時間になってシャッターが三十センチほど開いたと思った瞬間。先頭のオッサン達が、まるで匍匐前進《ほふくぜんしん》でもするかのように滑り込んで進撃したのである。

当然、シャッターが全開になれば、後は残った人間で全速力のかけっこだ。

……なるほど『五分で完売』とは、そういう意味か。

くそっ！　まさかここまで手強いとは！

よく見ると、来ている車がどう見ても『一般客』のそれではない。

どうやら、近隣のレストランなど飲食店の仕入れで来ているらしい。それは必死だろう。


さらに次の日。

僕は開店一時間前に、その農協へやって来た。さすがにこの時間ならシャッター前の列も……いや、それでも『先頭』からは十人以上後ろである。

しかし、とりあえず前日よりはマシだと考えねば！


午前八時。

決戦の瞬間が訪れる。

僅かに開いたシャッターから、オッサン達が買い物カゴを片手に一斉に雪崩《なだれ》込む。

「う……うぉぉぉ！」

その熱気に押されながら、僕も店内へ突撃を掛けていく。

目指す『山口さん』の棚は最初に来た時にチェックしてある。そこへ、一目散にダッシュする。

く……っ！　先行しているオッサン共も、全く同じポイントを目指している！

こうなったら完全に早い者勝ちだ！

人混みを掻《か》き分けて、どうにかジャガイモの袋を握りしめる。

そして押しつぶされそうになりながら、隣にあった人参と玉ねぎも一緒にゲット出来た。

スーパーの品物と比べると形も不揃いで土も残ったままではある。それでも見た目からして強い生命力を感じる有機野菜《オーガニック》だ。

「やった……ついに、入手した……！」

フラフラになりながら、会計へ持ち込む。

「……三点で、三百六十円でーす」

レジのオバさんが、ぶっきらぼうに会計をしてくれた。

肉は遠くにありて

『野菜』はゲット出来た。冷蔵庫に収納し、今や遅しと出番を待っている。

次は……そう、『肉』だ。

無論、普通の牛肉なら近所のスーパーでも充分、手に入る。

がしかし、今回は相手が違う。

肉質が硬くて脂身《あぶらみ》の少ない外国産では、彼女のお気に召《め》さないに違いあるまい。それはＮＧだ。そこにも『こだわり』は必要だろう。

そこで僕は、同じように一人暮らしをしている友達のシロウに連絡をとった。

「あー……僕だけど。実は、『いい牛肉』を売っている店を知らないかと思ってさ」

《あ？　牛肉？　……何か特別なことでもするのか？　何……？　リリカにカレーを食わせる？　ああ、分かってるって。ネタバラシなんかしないから安心しな。しかし……難しいな》

電話の向こうでシロウが唸《うな》っている。

《一応なぁ……制限が無ければ心当たりはあるぜ》

「おお！　さすがだな！　で、何処へ行けばいい？」

《お前、『三宮《さんのみや》』って分かるか？　……そう、『神戸《こうべ》』だ》

「こ……神戸ぇ！」

思わず声が裏返る。僕の住む名古屋からなら、高速道路をノンストップで走っても三時間。下道を走ったり休憩を挟《はさ》めば五時間近くかかるだろう。それと『神戸』

で『牛』ということは……。

「シロウ、それひょっとして『神戸牛』じゃあ……」

恐《おそ》る恐る尋《たず》ねる。

《ああ、そうだよ?》

さも当然そうに、シロウが返す。

《三宮の地下街にな、個人の精肉店があるんだ。そこで、神戸牛の肉をバラ売りしているんだよ。一度だけ買ったことがある》

米と油よ

さて、牛肉はひとまず目処がついた。

残る問題は何だろうか。

……米だな。

ここまで来たら、やはり米もそれなりの物が欲しくなる。

『米』と言えば、最近はあまり聞かなくなったが最高級ブランドは魚沼産《うおぬまさん》コシヒカリであろう。

さすがに米は『物を見ないと分からない』ことはあるまいから、これはネットで注文することにした。

とりあえず、最低量の五キロで発注する。

くそ……さすがは魚沼産、他のブランド米の二倍もしやがる！


そしたら次は何だ？

油か。

やはりオリーブオイルを使わないと。それも、香りの強いエクストラバージンオイルでないとな。

最近は『イタリア産』と書かれていても実はアジアで作られてビン詰めだけイタリア……なんていう、なんちゃってイタリア産もあるというし。気を付けないと。

しかもだ。

よくよく調べてみると、『エクストラバージン』の定義が日本と欧州では違うらしいじゃないか。日本の方が基準が甘いというか。
どうする……やはり、それなりの店で探すしかないか……！
確か、名古屋駅前にそういう自然食品をメインに扱っている有名な店があったはずだ。

翌日、僕は駅前に出かけて二百ミリリットルの茶色い小瓶をひとつ買った。この小ささだというのに、二千円以上する高級品だ。
それでも『本物』は希少価値が高いので、それくらいが妥当なところらしい。

だが、これで。
必要な食材は牛肉のみ……いや、待てよ。
僕はハタと思いついた。

「米を炊く水を……どうするか……！」

水

次の休み。

僕は車で一時間ほど走って、『名水が出る』と名高い山奥の神社に来ていた。

参道脇に車を置き、二リットルのペットボトルを三本ほど用意して湧き水の出る滝に近寄る。

そこには大勢の先客が来ていて、何本もの防災用の大きな水タンクに水を入れていた。どうやら彼らも『プロ』らしい。

ここの水は所謂《いわゆる》『硬水《こうすい》』で、口当たりが『硬い』のが特徴である。これでお米を炊くと、米の味が際立《きわだ》つのだ。

もっとも、汲むのが中々に大変で、さらに急な傾斜を上り下りしないといけないから簡単ではないが。

長い順番の列を待ち、やっとのことで水を汲む。

冷暗所に置けば簡単には腐らないというのが助かる。

肉を買う

そして残るは牛肉のみ。

覚悟はしていたが。

やはり神戸は遠かった。愛車で、休みながらではあるが六時間近くかかった。

途中、吹田《すいた》ＪＣ《ジャンクション》で大渋滞に当たったのも原因である。シロウ曰《いわ》く「あそこのＪＣなぁ……名前こそ『吹田』だけど、年中渋滞しているから『すいた』ところを見たことが無い」そうな。

三宮近くは観光客が多く来るから、駐車場には困らないのが助かったが。

シロウに言われた地下街に行くと……。

おお！　確かに精肉店が！

よし、とりあえずこれで肉を……んん?!

思わず、値札を見直す。

『牛バラ肉　百グラム　二千五百円』……って！

おいおい、それは無いだろう！　いつも行くスーパーなら正札で百グラム六百円くらい、閉店間際になれば三百五十円で出ることもあるのに！

くそ……っ！　さすがは神戸牛だぜ……！

思わず一歩引いてしまう。

買うべきか、買わざるべきか。

いやいや、迷っている場合じゃないだろう。

お前は何のために此処《ここ》まで来たんだ？　愛するリリカに美味《うま》いカレーを食わすんじゃなかったのか？　それをたかが二千円か二千五百円のために撤退するというのか？　此処まで来るのにだって高速料金にガソリン代だって掛かっているんだぞ？

それをムダにすると言うのか？

　意を決し、店主に注文を入れる。

「すいません！　そのバラ肉……百グラムください」

　そうしてやっと。

『材料』は全て揃った……と思うのだが。

「ふぅ……後は何か『隠し味』的な物を探さないとな。いかにも『市販のカレールゥでござい』では、面白くないだろうし」

　色々調べていると、『ルゥは二種類混合するとよい』とか『隠し味にはチョコレートがよい』と書いてあるのを見つけた。

　そこで、先日に行った名古屋駅前にある自然食品の店で『有機栽培《オーガニック》』のルゥと、ビターチョコレート一枚を購入してきた。

別に何処のスーパーでも買える普通のルゥでも悪くはないと思うのだが。

ネットでカレーにこだわる人のブログを調べたところ、市販品はどうしてもトロみやコクを演出するために肉骨粉というものを使用するらしい。すると腐りやすくなるから、防腐剤を添加せざるを得なくなる。この防腐剤の味が微妙に舌の邪魔をするそうな。

なので、そのブログで『オススメ』とされていた『有機栽培《オーガニック》』のルゥを採用したのだ。

「さて……」

僕は大きく息を吐いた。

「準備は出来た。後は、制作に掛かるだけだな」

そして、満を持してリリカにメールを入れる。

『今度の休み、カレーを食べに来るかい？』

返事はすぐにきた。

《OK！　楽しみにしてる！》

当日、僕は早朝から支度《したく》に掛かった。

まず、予《あらかじ》め皮を剝《む》いてざく切りにし冷凍しておいた玉ねぎを取り出し、微塵《みじんぎ》切りにする。玉ねぎの食感が残らないようにするためと、調理時間の短縮、そして甘みを最大限に引き出すためだ。

玉ねぎはカレーにトロみと甘みを与えてくれるが、その成分は細胞膜の中にあって簡単には出てこない。

この細胞膜は意外と強固で、煮た程度では壊れない。すると、口に入った時に歯で物理的に細胞膜が壊れ、中から苦い汁が出てしまうのだ。

これを解決するにはトロトロになるまで火に掛けて事前に細胞膜を破るしかないのだが、生玉ねぎをそこまでするには時間も掛かる。

そこで、冷凍するのだ。

冷凍すると細胞膜中の水分が凍結する。水は凍結すると体積が増えるから、その圧力で細胞膜が中から破裂するのである。

これによって、玉ねぎを加熱する時間は大幅に短縮出来るし、焦がし過ぎるリスクも少なくなる。


鍋にオリーブオイルを入れて予熱する。

そう、あの『エクストラバージンオイル』だ。

鍋底が熱せられたところで玉ねぎを投入する。パチパチと水分の飛ぶ音が弾ける。


中火で玉ねぎを炒めること約十分。

白い玉ねぎが半透明になり、やがて飴色へと変化していく。

木べらを使って丁寧にかき混ぜ、焦げ付かないように注意する。

やがて、玉ねぎがお餅のように粘り気をもってくる。

「よし……そろそろだな」

頃合いを見計らって用意した牛肉を投入する。そう、例の『神戸牛』だ。すかさず塩胡椒を振って味を調える。

それから人参とジャガイモを投入する。

いつもより小さめにカットしたジャガイモは、全て切断面の縁《ふち》に面取りがしてある。カレーは粒子《りゅうし》が繊維《せんい》の隙間に染み込むので煮崩れしにくいが、見た目が綺麗だからだ。

軽くかき混ぜたら、『名水』を投入する。

ヒタヒタぐらいまで水を張る。あまり入れると、後で水分を飛ばすのが大変だからだ。

暫《しばら》く煮込むと、表面に『アク』が浮いてくる。根菜と牛肉だから、どうしてもアクが出やすいのは仕方あるまい。

和風煮込みならともかくとして、普段のカレーならアクなんてあまり気にしないが、今日だけは特別だ。

ジャガイモや人参の味を引き立たせるために、丹念にアクを掬《すく》う。

粗方《あらかた》のアクを掬ったら、いよいよカレールゥの投入だ。

二種類のルゥを投入し、色と香りの具合をチェックする。

ツンとくる独特の香りと色の付き具合で、だいたいの濃度が分かる。

後は煮込みが完成すればよい。なに、人参とジャガイモだからそこまで煮込まなくても充分なはず。それも、リリカの口に合わせていつもより小さめにカットしてあるから火の通りも早いだろう。

「よし……ここまでくれば」

ふうと息をつき、額の汗を拭った。

いただきます

おっと！　せっかく買ってきたチョコレートを入れるのを忘れていたじゃないか。

これはいけない。

冷蔵庫から板チョコを取り出し、二欠片《かけら》を切り出して鍋に加える。十五分ほど煮ると、表面に出来る泡が『油っぽく』なってきた。水分が飛んで、カレーの濃度が上がってきた証拠だ。

このタイミングで、火を止める。そして、ザルを逆さまにして被せ、その上から鍋のふたを置いてザルが落ちないようにする。

ここから、自然冷却に入るのだ。

和風の煮込みにしてもそうだが、この自然冷却によって味が具材に染み込んでいくのだ。このまま常温になるまで放置する。約束の時間はお昼だが、そのために朝から仕込みをしていたのだ。

時間を見計らい、ご飯の準備に取り掛かる。

最近は無洗米が多いが、今回買ったお米はさすがに研がなくてはならない。

計量カップで二杯をキッチリ量り、ボウルに移す。

水を軽く張って、軽く揉み込むようにしてお米を研いでいく。白い研ぎ汁が出たら水を捨て、また繰り返す。

三回ほど洗ったら、これを炊飯器の内釜へと移すのだ。

水は、計量カップでギリギリ二杯。

カレーやチャーハンは硬めの方がマッチするから、『一割増し』をしないのだ。

それを、そのまま一時間放置する。

この時期なら、それほど寒くないからそれで十分だろう。僕は、十一時ジャストに炊飯開始のボタンを押した。


一時間後、リリカが僕の部屋にやってくる。

炊飯器は無事、保温に入っていた。

「わぁ！　美味《おい》しそう！　すっごい、いい匂いがしてる！」

胸の前で白くて小さな手を組んで、満面の笑みでリリカが嬉しそうな声を上げた。

その目の前には、渾身の力作カレーが皿に盛られている。この日のために、皿とスプーンもお揃いで新調したのだ。

よかった……この笑顔が見られるなら、全ての苦労も報《むく》われるというものではないか。なんだか涙が出てきそうだ。

ふと、リリカがスキップしながら台所へと向かう。そして調味料置きの台からオイスターソースを持ってきた。そして。

リリカは弾けるような笑顔のままで、特製力作カレーにオイスターソースをドボドボと掛けたのだった。

——それから、十五年後。

「痛《い》てぇ！」

リビングのソファーに座っていた僕は背後から頭を叩かれ、思わず声を上げた。

「何をするんだよ、痛いじゃないか！」

「うるさいわね！　何でミカに『そんな話』をしているのよ！　何年前の話だと思ってるの？　もういい加減に忘れなさいよ！」

妻のリリカが、顔を真っ赤にして頬を膨らませた。

「ぎゃっはっはっは！」

娘のミカが、僕の向かい側で腹を抱えて笑っている。

「ねぇねぇ、ママ。パパの話ってホントなの？　ホントにそこまでして作ったカレーにオイスターソースをブチ撒《ま》けたのぉ？」

「し、仕方ないじゃん！　そんなに力作だったなんて知らなかったんだから！」

プイ！　と横を向き、リリカは台所へと消えた。

「でもさぁ、それで『別れる』って話にならなかったの？　これが男女逆ならフツーに絶許《ぜつゆる》案件だよね?!」

涙を流しながら、ミカが尋ねてくる。

「ははは……まぁね。別にパパが事前にアレコレ説明したわけじゃないし。それに、ママにも悪気があったんじゃなくって……」

苦笑いで返す。

実は、この話には裏があった。

僕が肉の件で相談をしたシロウが、冗談でリリカにチクったのだ。「なんか、準備していいるらしいぞ」と。「普段はズボラなリュウのヤツが、なにか色々やろうとしてる。ヤツに料理のセンスは無いし、きっとスゲー不味《まず》いカレーが出てくるから覚悟しとけ」って。

リリカは、この冗談を真に受けたらしい。『大変なことになった』と。

それで、何がどうなっても『食えない』という事態を避けるために、最初にオイスターソースを掛けたのだそうな。後から掛けるとさすがに僕が気を悪くすると思って。

「でもね、ママは一口食べてからビックリした顔をしてたよ。信じられないくらいに美味しい！　って。多分、よっぽど酷《ひど》いパターンを想像してたんだろうね」

「ふーん。さすがに『手が込んでる』って分かったんだね。良かったじゃん。じゃあ……もし『それ』が分かって貰えなかったら、パパとママは結婚してなかった？」

ミカが僕の顔を覗き込む。

「……いや、それは無いだろうね。『パパはママのためにやりたいことをやった』それだけさ。その結果として、パパはママの笑顔が見られたから、それで充分さ。別に、オイスターソースに罪は無いよ。『愛情』っていうのは、多分そういう物なのさ」

そう言って、僕はミカに微笑んだ。

え？　なんで僕が『そんな話』を娘にしたかって？
それは、台所からカレーのいい匂いが漂って来たからさ。

日々、ご飯。

飴玉雪子

――それは毎日の事で。

かぱっ、と冷蔵庫を開けて、ばたんっ、と閉じて。

――毎朝の事で。

冷たい水道の水をざーっ、と出しながら手を洗って、冷蔵庫の中身を組み立てる。

――……よしっ！

きゅっ、と水道の蛇口を閉めて。

それと同時に炊飯器が炊けた音をぴーぴー、と出した。

ここからこの部屋は、音楽室になる――とか、言ってみたりして。

ぱたぱたっ、と少し大きめのスリッパの踵《かかと》が床を叩いて、ばたんぱたんっ、と戸棚や引き出しを開けては閉めて。

しゃきーん、と包丁がおはようございます。

木のまな板に包丁を並べて、冷蔵庫をばかっ、と開けて、取り出す、取り出す
――とりあえず、この子達。

片手鍋をかこんっ、とコンロにセット。

お椀《わん》で約三杯のお水を入れて、ちょっと待たれよ。

洗った野菜達は、じゃがいも、人参《にんじん》、大根、牛蒡《ごぼう》。

しゃりしゃり、と皮を剝《む》いたじゃがいもは乱切りで水にさらして、同じく皮を剝いた大根と人参はやや厚めに、とんとんっ、と、いちょう切り。

牛蒡はささがきにして水にさらして。

長ねぎも斜め切り、さしゃんさしゃん。

はい、お鍋さんお待たせ様。

と、切った野菜達をぼちゃちゃちゃちゃ、とお鍋へ、ぼちゃーん。

お出汁《だし》の粉も、さららら、と入れて、コンロの火をかちっ、と、ぼぅっ、と点火。

ざーっ、とまな板を水で簡単に流して、はい、次の子達。

お豆腐を水切りして、昨日の夜ご飯の残りの枝豆をつぷつぷつぷつぷ、押し出し

て。

あとは、塩ぉ！　砂糖ぉ！　醬油ぅ！　胡麻ぁ！　ちょっとだけ味噌ぉ！　をお豆腐と枝豆と一緒に、ぬちゃぬちゃ、とまぜまぜ。

ちょっと味見様。

……うん、ちょっとお塩——の代わりに塩昆布！

……うん、おっけ！

かちゃちゃ、とボウルの上に菜箸を置いて、冷蔵庫からレタスを取り出して、二枚ほど、ばりっ、とむしって、また冷蔵庫にお帰り下さいな。

「——あっ！」

しまった、とコンロへ、ぱたぱたっ、と小走って、火を弱めて、ほっ、と一息。

お鍋の蓋《ふた》をちょいと斜めにして——これで吹きこぼれないでしょうな？

そうそう、レタス。

小皿くらいな感じに千切って、洗って——小鉢を二つ、用意。

かちゃかちゃ、とんとん——くしゃ、くしゃ。

小鉢、レタス、その上に枝豆塩昆布の白和《しらあ》えをちゃちゃっ、とのせて。

「……はい、一品目」

出来たおかずはすぐにこの音楽室と続きになっているリビングのテーブルへ、ことん、と置いて、ぱたぱたっ、と運んで運んで。

洗い物は後で一気に——また冷蔵庫をばかっ、と開けて。

いつもよりちょっといいベーコン登場！

使い古した鉄のフライパンをがちゃんっ！　とコンロにセットして、ちきちきぼっ、と点火。

卵二つ——は、一つと一つで両手で持って、肘《ひじ》で冷蔵庫をばたんっ、と閉めて。

ベーコンから油が出るからサラダ油はちょびっと、たらーり、くらいで——ベーコンをべろーん、と二枚、じゅじゅーん！　とフライパンに並べて、次は卵を二つ——ベーコン二枚の上じゃなくって、右側の空いてるスペースに、こんっ、くしゃ、ぱかぁ、を掛ける二回。

ぎゅうぎゅうで狭そうだけど、良いのです。

なんせ、ちょっといいベーコンなので、良いのです！

お、そろそろ煮えた片手鍋に長ねぎを——。

「——おはようさまー」

私の夫さんが起きてきた。

まだ眠そうに寝癖の頭を掻《か》いていて。

「おはようさま！　ぼちぼち出来るですぞー——って、ぎゃお！」

夫さんは私の後ろから、のしん、とハグしてきたのです。

これも、毎日の、毎朝の事なのです。

けれど——。

「——包丁っ！」

「おう。怖い」

そう笑う夫さんですが、私のお腹《なか》をさわさわ、なでなで、してくるじゃあないですか。

「……くすい！」

くすぐったいの、略。

「んー、んー。大きくなったなぁ」

……確かにちょっと太りましたがね？

「——お、噴いてる」

「うん、お味噌係。頼みまっせー」

「ほいきた」

と、夫さんは離れて冷蔵庫からお味噌を出して、その間に私はオタマと菜箸をちゃきっ、と用意。

料理は出来る、出来ない、で言ったら、出来ない、男さんなので、味付けだけでも、とやり始めたのがきっかけで。

夫さんと一緒になってから、ずっと夫さんはお味噌係なのです。

なぜかお味噌係だけ上手なのです。

目分量でオタマでお味噌を掬《すく》って、あくびをしながら菜箸で、たちゃちゃ、と溶かして、溶かして。

「——フライパン、余熱、蓋？」

はいはい、と私は蓋をコンロの下の引き出しから取り出して、ぱわん、と被せて。

「醬油？　ソース？」

「んー、胡椒、マヨ！」

「わったしっはマッスタぁーあドぉ」

と、リズムに乗って言ってみたら、それもいいなー、って夫さんがお味噌を溶かし終わったようで、ちょびっとお味見さんしています。

そして、かんっ、と片手鍋の縁《ふち》をオタマで叩いて。

「――でーきた」

お味見さんをした後の夫さんはいつも眠気も覚めるようで――ここから、早いのです。

私は、かちゃかちゃ、がちゃん、と戸棚からご飯茶碗とお味噌汁椀を二つずつ出します。

色違いの、私と夫さんのお茶碗達です。

お箸は二膳、これも色違いです。

それと二百円の安くて丸い平皿を二枚並べて。

「ん、俺やるから奥さんはお米をお願いしやっす」

あらら、お優しい。

フライパンくらい持てるのに。

と、にんまりしてたら、しっしっ、とそこ退《の》けそこ退けされちゃいました。

なので、しゃもじをびちゃっ、と水で濡らして、炊飯器のプッシュボタンをオーン。

ぱかぁ、と開いた隙間から、ほわぁん、とお米の良い匂いと湯気。

軽く混ぜて、ふんわり、とご飯をお茶碗によそって。

と、指に米粒ついた！　熱い！　と、慌《あわ》てて食べ取って。

「ほい、ベーコンエッグー」

「はーいっ」

綺麗に盛られた平皿とお茶碗をぱたぱたっ、と運んで、運んで——鏡合わせみたいに並べて。

冷蔵庫からお漬物を——お茄子《なす》の浅漬けと、きゅうりの糠《ぬか》漬け。

また新しく出さないとだなぁ。

それとマヨとマスタードと、胡椒はあっち、と。

「――ほい、お味噌汁ー」

「お水、氷は――」

「――二つー」

ほいほい、と、がらら、とグラスに入れて、ペットボトルのお水をとぽぽぽっ、と注いで――約三十分、完了。

そして、ダイニングテーブルの対面同士で着席して、ぱんっ！　とお手を合わせて。

「――いただきまーす」

「――いただきまーす」

ご飯、開始です。

まずはお味噌係の腕前さんをチェックするです。

お箸で、ほっくほく、のじゃがいもを押さえて、ずずずっ、と飲んで、もう一口。

ずずっ――うん、やっぱり美味《おい》しい。

「――はぁ……具沢山のお味噌汁うんまっ」

「じゃがいも、甘っ、うん。はぁ……」

ほっこり、とするのも束《つか》の間、壁に掛けている時計を見て、はっ、と急ぎます。ご飯なのでゆっくりしたいけれど、ゆっくり出来ないのが朝ご飯なのです。

「今日は何時くらいに帰ってくる？」

わう、冷たい白和えで目が冴えるぅ。

「昨日と一緒、真っ直ぐ帰ってくるよー」

夫さんはいきなり目玉焼きの黄身をつぷっ、と潰して、お箸で上手に切ったベーコンをつけて食べていて。

それ美味しそうっ。

「——病院、気をつけて行ってね？」

……はいはい、全く、心配性と言いますやら。

私と夫さんは一緒になって半年の、いわゆる、新婚さん、というやつでありまして。

半年、毎朝一緒にご飯、というのは一緒になる前からの約束でして。

「……やっぱ俺も行く？」

「大丈夫、今度でいーよぅ」

——近々、もう一人増えるのです。


自分のお腹をなでなで、した私は、にんまり、と笑ってみせます。

今日も一番最初に、一番好きな人と、一番大事にご飯を食べる。

ベーコンと目玉焼きを上手《うま》い具合に一口、そこに追いお米！

熱くて、はふっ、と一回息を逃がして、もぐもぐ噛んで、さらに追いお味噌汁！

の、長ねぎが、しゃきっ、と色んな食感、やば美味《うま》っ！

夫さんも、ベーコンをぶちっ、と歯で千切って、白身にマヨたっぷり付けて大きく一口、のところに追いお米！　アンド、追いお味噌汁！　冷たい白和えで温度調整！

「——ん？　シャツ、アイロンかけたっけ？」

「いーよいーよ、朝ご飯食べてから——割と急ぎでっ」

やっぱり急ぎな朝ご飯。

けれど、こんなに素敵なご飯は他にないんじゃあないですかね？
だって、超絶美味しい——じゃなくて、超絶幸せ、なのですから！

【ごちそうさま】

ウィーンの香りは
シュヴァルツァーで

あさぎ茉白

アインシュペンナー

お気に入りのカフェでコーヒーの湯気をくゆらせながら、雑誌を眺めていたときのことである。雑誌のエッセイの中に、見覚えのあるカフェの写真が載っていた。『Schwarzer《シュヴァルツァー》』という老舗《しにせ》の喫茶店だ。オーストリア、ウィーンに一人で留学していた時に出会ったお気に入りの店。初老の素敵なマスターが経営している趣《おもむき》ある店だった。

ウィーンはコーヒーを一杯注文し、カフェで日がな一日過ごす「カフェ文化」発祥の地として大変有名である。ウィーンには、実に多くのコーヒーの種類があり、毎日通っても飲み飽きることがない。ケーキを提供する店もあり、店によって特徴があって素晴らしい。砂糖まみれの甘いケーキや、宝石で美しく飾られた貴婦人のような焼き菓子もある。

　私のお気に入りの『シュヴァルツァー』では、近くの老舗菓子店のケーキを提供していた。ガトー・ショコラ――濃厚なチョコレートのケーキである。

『シュヴァルツァー』に初めて入ったのは、ひどい雪に降られたからだった。冬のウィーンは曇《くも》った空が多く気温も低い。その日はいつものような曇り空、私は傘も持たずに街中を徘徊《はいかい》していて、突然降り出した大雪にたまらず店の扉を開いた。

　コーヒーの香りが漂う薄暗い店内、客の入りはまばらだった。旅慣れない私の様子に気が付いたのだろう、ウェイターの男性がカウンターの席を勧めてくれた。カウンターの中にいたのがシュヴァルツァーのマスター、ハーウェルだった。

「なにを飲みますか？」

　ウェイターの男性がメニューも持たずに尋《たず》ねてきた。私が戸惑っていると、マスターが優しく声をかけてくれる。

「ウィーンのコーヒーは初めてかな？　なら、メランジュにするといい」

メランジュとは、エスプレッソとミルクを一対一の割合で注ぎ、その上にミルクの泡をのせたコーヒーだ。正式名称はWiener Melange（ウィーン風メランジュ）と言い、ウィーンで最もよく飲まれているそうだ。ちなみに、日本の喫茶店で出されているウィンナーコーヒーとは別物なので、初めて飲んだ人は驚くかもしれない。かくいう私もその一人だ。

マスターの言う通り、私はメランジュをオーダーした。マスターがゆっくりとエスプレッソを抽出してくれる。立ち上る湯気のように、ゆったりとした時間が流れていく――。

ほどなくして私の前に置かれたのは一杯のメランジュに一杯の水。この水はサービスだ。コーヒーは利尿作用がある――という理由なのか、ウィーンではコーヒーと水を一緒に飲むのが主流。

一口メランジュを口に含むと、ふわりと広がるミルクの甘みと、エスプレッソの苦味。このバランスが最高に計算しつくされているのだ。

その日から、私の『シュヴァルツァー』通いが始まった。

私は店内に入ると、迷わずカウンター席に座って、今日飲むコーヒーをハーウェルと相談する。ハーウェルには三人の娘がいて、一番下の娘と私の年が近いのだと言って、とても気さくに話しかけてくれた。

店名になっている『シュヴァルツァー』とは、エスプレッソのこと。シュヴァルツとは、ドイツ語で「黒」という意味だ。シングルとダブルがあるが、私が日本で飲んだことのあるエスプレッソよりもずっと濃い液体――私は苦すぎてシングルだって飲み干せない。

次にブラウナーというクリーム入りのエスプレッソ。シュヴァルツァーと同じくシングルとダブルがある。ブラウナーの語源はブラウンで、これはドイツ語で

「茶」を意味する。クリームでエスプレッソの苦味が上手《うま》く中和されてすごく美味《おい》しい。

フェアレンガーター。これはエスプレッソを同量のお湯で薄めたもので、ブラックで飲む以外にミルクやクリームを添えることもある。軽めのコーヒーを好む人におすすめだ。私はミルクと一緒に飲むのが好き。

日本でもおなじみのカプチーノはシングルエスプレッソに泡立てたミルクを混ぜたものだ。店によっては、メランジュと区別するために泡立てた生クリームがのっていることもある。シュヴァルツァーではクリームはのっていない。

カフェ・フェアケアート。これは少し変わっていて面白い。少量のエスプレッソにたくさんのミルクを注いだもので、コーヒーとミルクの量が逆転しているため、カフェ・フェアケアート＝「ひっくり返しのコーヒー」と名付けられた。いわゆるカフェラテ、茶色がかったクリーム色の液体——優しい口当たりのコーヒーだ。

私はシュヴァルツァーに行くたびに異なるコーヒーをオーダーし、ハーウェルから事細かな説明を受けた。至福の時間だった。

「トキオ、お酒は飲めるかい？」

ある日カウンター席に座ると、ハーウェルはそう尋ねてきた。ハーウェルは私の年を知っているのだから、年齢的に、ではなく、好みか——という意味合いで聞いてきてくれているのだろう。

「ええ、二十歳《はたち》は超えてるから飲めるわ、でもそんなに強くはないの」

私はおどけて答える。するとハーウェルも悪乗りしてきた。

「オーストリアでは十六歳から軽い酒が飲める。アルコール度数が高いものは十八からだ」

「まぁ、私はそんなに若く見える？」

「十六歳くらいかと思った」

なんて、笑いながらハーウェルは言った。私が二十歳を超えているということに、少し驚いた様子まで見せる。ハーウェルはなかなかの役者のようだ。そう、私たちの短いコントはこれでおしまい。近くで私たちのやりとりを見ていたウェイターのケヴィンがくすくすと笑いながら小さく拍手をした。

「今日はリキュール入りのコーヒーを飲んでみてはどうかなって思ったんだ。モーツァルト・カフェとマリア・テレジア、どっちが好みかな？」

そう尋ねながら、ハーウェルは二つのコーヒーについて説明してくれる。

モーツァルト・カフェは、ホイップクリームがのったエスプレッソに、モーツァルトリキュールのミニボトルが添えられてサーブされるものなのだそうだ。モーツァルトリキュールとは、オーストリア産のチョコレートクリームのリキュールで、とっても可愛いボトルに入っている。モーツァルトのセカンドネームの「アマデウス」と名付けられている店もあるそうだ。

一方、マリア・テレジアはコアントローというオレンジリキュールをエスプレッソに垂らし、上にホイップクリームとオレンジピールがトッピングされたものだ。女帝マリア・テレジアの名の通り、まるで貴婦人のようにエレガントなコーヒー。

どちらがいいかと思い悩んで、私はモーツァルト・カフェを頼むことにした。チョコレートリキュールなんて、すごく美味しそう！　マリア・テレジアは次に飲むことにしよう。

シュヴァルツァーに通うようになって半年近くが経った。夏の日差しが照りつける日だったと思う。店内に入るとクーラーが入っていて涼しい。天井で大きなプロペラがくるくると忙しそうに回っていた。

「やぁ、トキオ。今日は暑いからアイスカフェはどうかな?」

すっかり顔なじみになった私に、ウェイターのケヴィンも気さくに声をかけてくれる。ケヴィンはロマンスグレーのダンディーなおじ様で、背が高く、背筋が伸びていて素敵だ。恰幅《かっぷく》のよいハーウェルとのバランスがちょうどよい。

「わぁ!　そうしよう!」

ドイツ語でEis《アイス》はアイスクリーム、Kaffee《カフェ》はコーヒーのこと。アイスカフェは、コーヒーにバニラアイスクリームがのせられたもので、ホイップクリームやウェハースも添えられた、まるでパフェのような出《い》で立ちのコーヒー——というよりはスイーツだ。夏になると無性に食べたくなるアイスカフェだが、名前だけを聞いて、日本で提供されるアイスコーヒーを想像すると度肝を抜かれることになる。

「トキオ、ウィーンには慣れた？」

今にもとろけそうなアイスクリームが小高い山のようにのっているアイスカフェをカウンターに出しながら、ハーウェルは目尻にしわを寄せて尋ねてくれる。今や第二の父親と言ってもいいほど、私はこのマスターを慕っていた。

「慣れたわ」

「トキオは若いなぁ、私は異国の地というものになんだか拒否反応が出てしまうんだ。年だからかなぁ」

しみじみとそんなことを言うハーウェル。私はこの半年間で、ハーウェルが育ってきた時代の流れを聞きかじった。でも、ハーウェルはあまり話したがらないから、詳しいことは知らない。

一九四五年、ウィーン攻勢後ナチス・ドイツから独立、その後十年間アメリカ、イギリス、フランス、ソビエトに分割占領されていた――。

ハーウェルが生まれたのはそんな激動の時代だった。


カランカランと、店の扉が開いて、一人の若い女の人が入ってきた。長いブロンドの髪を背中まで伸ばし、腿《もも》がしっかりと露出したショートパンツとTシャツを着ている。すごく健康的な印象を受けるその女性は、窓際の席に座った。

ケヴィンが注文を取りに行っている。「アインシュペナー」そう聞こえた気がした。落ち着きのあるアルトの声だった。

私は耳慣れない単語を、ハーウェルに尋ねてみる。

「ねぇ、アインシュペナーってなぁに？」

いつもなら打てば響くように返ってくる答えが、今日に限って返ってこない。見るとハーウェルは驚いたような顔で窓際の席を凝視していた――あの、ブロンドの女性が座った席だ。

「ハーウェル？」

「あ……ああ、なんだトキオ」

「アインシュペナーってなぁに？」

「アインシュペナーだよ。『一頭立て馬車』って意味の言葉でね。その昔、御者《ぎょしゃ》がこのコーヒーを好んで、よく手に持っていたことが由来だ。ダブルのエスプレッソにたっぷりのホイップクリームをのせて、グラスに入れたものだ。今度飲んでみるといい」

「ふぅん。美味しそう！」

でも、ダブルのエスプレッソなんか飲んだら眠れなくなっちゃいそうだ。飲むなら朝のうちにしよう。


ハーウェルはいつもよりも時間をかけてアインシュペナーを作っていた。作るのに手間がかかる物なのだろうか？　出来上がったアインシュペナーを、ケヴィンがサーブする。テーブルの上に置かれたというのに、ブロンドの女の人は、一口も口をつけずにじっとアインシュペナーを見つめていた。とろり、とのっているホイップクリームがコーヒーの熱で溶けているように見える。

結局、女の人は一口もアインシュペンナーを飲むことなく、店を出ていってしまった。お会計の時にケヴィンと一言二言会話をしている。いったい何を話していたんだろう……？

気になった私は躊躇《ためら》うことなくケヴィンに尋ねた。

「さっきの女の人は知り合い？」

私の問いに、ケヴィンはエスプレッソのような苦い顔をした。

「彼女はハンナ、マスターの三番目の娘だよ」

「え……？　でも、一言もそんなことは……」

そう、言いかけて、マスターのぎこちない雰囲気を思い出した。実の娘が来たというのに、一言も会話をしない二人の不自然な様子に、私は複雑な表情になっていたと思う。

かく言う私も、人のことは言えないのだ。ウィーンの大学への留学の折、父と酷《ひど》い口論になった。今思えば、年端《としは》もいかない私を単身海外に送り出すのが不安だったのだろう。私はそんな父の思いに反発して、家出するように飛び出してきた。留学してもうすぐ一年――母とは連絡を取っているが、父とは一切《いっさい》口をきいていない。生活費と学費は母からの仕送りに加え、割のいい日本語講師のバイトと観光ガイドのバイトでまかなっていた。

「ハーウェルはああ見えて頑固なんだ。コーヒーの味からわかるだろう？」

そう言って、ケヴィンはウインクをした。実にチャーミングなおじさんである。

次に『シュヴァルツァー』を訪れた際に、私はハーウェルに言われていた通りアインシュペンナーをオーダーした。

「ねぇ、これはどうやって飲むの？」

尋ねた私にハーウェルはいつものように目尻にしわを寄せて答えてくれる。

「クリームを食べて、コーヒーをするんだよ。でも、私はクリームを溶かしながら飲むのが好きだなぁ。亜流《ありゅう》だけどやってみるといい、美味しいよ」

言われるまま、私はグラスの手前のクリームを少し溶かして飲んでみる。エスプレッソの苦味に、脳みそがとろけそうなくらい甘いクリームが溶け込んでいる――すごく美味しい！

「これはね、私の娘も好きな飲み方なんだ」

「娘さん？」

ケヴィンからハンナさんの話を聞いたことは言わずに、私は疑問符と共に顔をあげる。

「三番目の娘がね、トキオより少し上くらいなんだけど。もう何年も会っていないんだ、フォトグラファーになるって家を出ていっちゃってね、トキオとおんなじくらいの時だったかな？」

「ハーウェル、会いたいんでしょう？」

「あはは、そうだねぇ」

「だったら、会いに行っちゃったらいいんじゃないのかな？　居場所を知っている人がいるかもしれないでしょう？　娘さんも、会いたいと思ってるんじゃないの？」

私は自分の言葉に、自分自身を当てはめる。私は、お父さんに会いたいと思っているだろうか……？

「そうだなぁ、トキオに言われたら素直にならなきゃいけない気がするね。君は、私の四番目の娘みたいなものだから」

四番目の娘——その言葉がやけにくすぐったくて、私ははにかむ。クリームの溶け込んだエスプレッソを口に運んだ。口の中が、甘くなる。嫌な甘さじゃない、後味の良い、さらりとした甘さ——。

私はにっこりと目を細めて雑誌を眺めた。写真に写っているハーウェルは、私が知っているハーウェルよりもかなり年を取っている。それだけ、月日が流れたのだ——。

その写真を撮ったフォトグラファーの名前を見つけて、私は甘いアインシュペンナーのように顔をほころばせた。

どうやら、二人の間にあったわだかまりはすっかり解けてしまったようである。

私も久しぶりに実家に戻ってみようかな——なんて考えてから、雑誌を店の本棚に戻した。

ウィーンに行って、シュヴァルツァーのアインシュペンナーを飲みたくなってしまった。私は手帳を開いて予定を確認する。次に行けるのはいつになるだろう——。

無理しなくていいんだよ

michico

先月、母さんが病死した。

病気が見つかって、たった４ヶ月で天国へ逝《い》ってしまった。

俺に遺した言葉は、「高校受験頑張って。無理してレベルの高い学校に行かなくてもいい。通いたいと思える学校に行きなさい。それは大学も仕事も同じだよ」ということ。それから、「お父さんを支えて、浩《こう》ちゃんを護《まも》ってやってね」ということ。

３つ下の弟の浩介《こうすけ》は明日で11歳になる。

親父は仕事だけどなるべく早く帰るというから、俺が浩介の誕生日の準備をすることにした。勿論、普段そんなことをしたこともないから、何をしたらいいのかもよく分かっていない。

とりあえず、折り紙で部屋の飾りを作って、買い出しに行って浩介の好きな晩飯を作ればいいだろう。メインはプレゼントとケーキだな。

張り切って頭の中で計画を練っていたら、母さんが「悠《ゆう》ちゃん、無理しなくていいんだよ」と笑ったような気がした。

母さんの口癖は「無理しなくていい。無理をすると、必ずしわ寄せがくるよ」だった。

だけど、母さんの死は俺には勿論だけど、まだ小学生の浩介には大きすぎることだ。

ここで誕生日をおざなりにしてしまうと、母さんのことを今以上に恋しく想って哀しくなるだろう……。

浩介は短気な俺とは違って、穏やかでいつもニコニコとしている温和な奴だった。そんなところは、死んだ母さんによく似ていた……。

だけど、母さんがいなくなってから、その笑顔には陰りが見えていた。そして母さんの話をしても、浩介は決して「お母さん」という言葉は口にしなかった。恐らく、言葉に出来ないのだろう……。

俺は誕生日くらい哀しいことは忘れて幸せな気持ちにしてやりたい、と心に決めていた。


「親父は浩介の欲しいもの知ってる？　誕生日プレゼント買わなきゃな」

前日の朝、親父と一緒に家を出てそんな話をした。

「いや……知らないな。おまえが小五の頃は何を買った？」

「どうだったかな。多分、カードゲームかゲームソフトってとこかな？」

だけど、浩介は俺と違ってゲームをしなかった。浩介自身がそれほどゲームに興味を持たなかったのもあるし、母さんがゲームの悪影響で俺の視力が急低下したことを気にしていて、出来れば浩介にはゲームをさせたくなかったのだと思う。

ゲームは無しにして……浩介はアニメや漫画は普通に見ているけど、何かにハマっているという感じもしない。

「そう言えばあいつ、何が好きなんだ?」

俺が小学生の頃までは家にいる時は二人で一緒に居たりもしたけど、中学に入って部活と塾が忙しくなったら、浩介と一緒に過ごすこともなくなった。

「プレゼントは浩介と一緒に欲しい物を買いに行けばいいんじゃないか?」

親父も浩介についてはよく分からないようで、少し寂しそうに笑った。

「放っておいたつもりは無かったけど、そういうのは母さんしか知らなかったんだろうな」

親父はどちらかと言えば子煩悩《こぼんのう》な父親だった。

小さい頃は週末になると浩介と二人、スポーツ観戦や釣りに連れて行ってくれた。今でも子どもとの時間は惜しまないから、思春期と呼ばれる時期の俺でも普通に会話ができる関係だった。

「ケーキはいつも母さんが手作りしていたよな」

俺がボソッと呟《つぶや》くと、親父が目を見開いて「おまえが作るのはやめろよ」と言った。

「作らねえよ。って言うか、作れねえし」

母さんはお菓子作りが趣味で毎年違うケーキを焼いて祝ってくれたけど、浩介は輪切りのオレンジが敷き詰めてあるオレンジケーキが特に好きだった。

ケーキ屋というものに入ったことも無かったけど、俺は同級生に聞いて美味《おい》しいと評判のケーキ屋に行ってみた。だけど、ショーウィンドウを覗いても、母さんが作るようなオレンジケーキを見つけられなかった。

「まあ、母さんの思い出とダブるよりは、美味しいって評判のケーキを買った方がいいのかもな」

そう考えて、オーソドックスな生クリームとイチゴのデコレーションケーキを注文した。

「なあ、明日は浩介の誕生日じゃん。晩飯、何がいい？」

俺は昨日作ったカレーを皿に盛ったライスの上にかけながら、横目で浩介の様子を窺《うかが》った。

「ああ……誕生日か」

浩介は顔を上げて俺を見た。

「兄ちゃん、カレーと焼き肉の他、何作れるの？」

「はあっ？　何でも作ってやるって」

俺はそう言いながら、キッチンには母さんの料理の本が沢山あったから、何とかなるだろうと考えていた。

「オムライスがいい。ケチャップでおめでとうって書いてくれたら、ケーキの代わりになるじゃん」

「バカ言え、誕生日はケーキだろうが。兄ちゃんがちゃんと」

「えっ!?　兄ちゃん、ケーキなんて作れるの？」

パッと浩介の顔が輝いた。

俺は「ちゃんとケーキ屋に注文してきたぞ」と言うつもりだったけど、思わずその言葉を飲み込んだ。

浩介が久しぶりに本当に嬉しそうな笑顔を見せたからだ。

「誕生日ってさ、家に帰ったらケーキを焼いた匂いが家の中に広がっていて……それで、ああ、今日は僕の誕生日なんだって実感するんだ」

「そ……そうか。そう言えば、俺もそうだったな」

俺は浩介に気づかれないようにさっきのケーキ屋へ電話をして、デコレーションケーキの注文をキャンセルした。

やっぱりケーキは作ってみるか。

そう思った時、母さんの笑顔が脳裏に浮かんだ。

「無理しなくていいんだよ」

いや、母さん。時には無理をしてでもやるべきことだってあるんだよ。


だけど、そう思ってしまったのが間違いだったのかもしれない。

次の日の放課後、俺は急いで教室を出た。

俺の所属しているサッカー部は滅多なことがないと部活を休むなんてあり得なかったけど、我が家の事情を知っている先生も先輩や友達、後輩たちも、みんな今日は帰って弟の誕生日を祝えと言って快く休ませてくれた。

で、学校帰りにケーキと夕食の買い物へスーパーに行った。

母さんが入院してから買い物は週末に親父がまとめてしていて、夕食はそれを使って俺が簡単なものを作ったり、親父が作ったものを置いておいたりしていた。

だから、スーパーの買い物に慣れていない俺は、どこに何があるのかも分からず、スーパーの中を行ったり来たりしながら、えらく時間がかかってしまった。

家に帰るとすでに浩介が帰っていた。

そりゃあ、そうだ。小学校の方が家に近いうえに下校時間も早い。それに俺は買い物をして帰ってきたのだから。この時点で、家に帰った時にケーキの匂いがする、と浩介が言っていたようには誕生日を実感させることが出来なかったのだ。

だけど、要は部屋中にケーキの匂いがすればいいのだろう。

「浩介、今日はオレンジケーキにするぞ」

気を取り直して俺が買って来たオレンジを見せると、浩介は笑って頷《うなず》いた。

「僕、ケーキの中ではオレンジケーキが一番好きなんだ」

お菓子は母さんがレシピ帳を遺していたから、多分大丈夫だろうと思っていた。だけどお菓子なんて作ったこともなかったから、そもそも書いてある手順の意味もよく分からなかった。

「小麦粉を……振るう？」

計った小麦粉をタッパーに入れて振ってみる。

これ、何か意味があるのだろうか……？

「湯煎《ゆせん》にかけたバター……？」

バターに湯をかけてみる。

何だかベチャベチャになったぞ……。

「オレンジは……皮は剝《む》くよな？　あれ？　皮もついていたような気がするけど……」

細かいことまではレシピ帳には書いていない。ただ、作り方の手順が載っているだけだった。

そして、また母さんの笑顔が浮かぶ。「無理しなくていいんだよ」

大丈夫だって、母さん。心配しすぎなんだよ。

「まあ、何とかなるだろう」

どうにかタネを作って型に流し込んで上に輪切りにしたオレンジをのせると、それなりに母さんが焼いたケーキの面影があった。

俺はホッとしてオーブンに入れてセットした。

「ただいま」

親父が予定よりずいぶん早く帰ってきた。

「あ、お父さんおかえり！　今日は早いね」

浩介が嬉しそうに玄関へ駆けていった。

「そりゃあそうだ、浩介の誕生日だからな。ほら、プレゼントも買ってきたぞ」

「うわ～、何だろう？」

「ケーキのろうそくの火を吹き消した後で渡そうな」

親父はニコニコと笑っていたけど、俺は心配になって親父を肘《ひじ》で突いた。

「浩介の好きなものを買いに行くんじゃなかったのか？」

「そう思ったんだが、やっぱりその日にケーキで祝った後にいつも渡していただろう？　それが無いとガッカリするんじゃないかと思ってな」

確かにそうだな……と俺も思った。誕生日の楽しみはプレゼントだよな。

だけど、欲しいものじゃないと意味がない気もする……。

「なんか、焦げ臭くないか？」

「やべっ。オムライス作っている途中だった！」

慌《あわ》ててキッチンに戻ると、チキンライスが半分焦げていた。

炊いたご飯は全部入れてしまったし……どうにか焦げていない部分を浩介の皿に入れるしかない。

チキンライスを包む卵も上手《うま》く作れず、すぐに破れてしまった。

まあ……味に変わりはないはずだ。

そうこうしているうちに、オレンジの甘い香りが部屋の中に充満してきた。

「あ、ケーキが焼けてきたんじゃないかな？」

浩介が嬉しそうにオーブンを覗き込んだ。

だけど、そのケーキは全然膨らんでいなかった。

「焼き方が足りないのか？」

竹串でケーキを刺してみると、特にくっつくこともなく中は焼けているようだった。

つまり、単に膨らまなかったのか……？

ケーキにろうそくを立てると、その生地《きじ》が固いのが分かった。やっぱり上手く膨らまなかったから固くなってしまったようだ。

それでも、皿にボロボロの卵と焦げ付いたチキンライスのオムライスのようなものを盛り付けて、生野菜を切って並べただけのサラダを出した。そして、テーブルの中央に膨らまなかったオレンジケーキ。

浩介は流石《さすが》に嬉しそうな表情ではなくなっていたけど、それでもガッカリした顔もしていなくて、穏やかな表情で席に着いた。

「じゃ……じゃあ、ハッピーバースデー歌うか」

テーブルに並んだものを見て、親父の笑顔は明らかに引きつっていた。

仕方がないじゃん、俺だって頑張った結果なんだ……。

そう自分に言い聞かせたけど、心の中は浩介が喜ぶものを用意できなかった落胆でいっぱいだった。

それでも、親父と一緒にハッピーバースデーの歌を精一杯明るく歌ってやった。

浩介がろうそくの火を一気に吹き消すと、親父が「誕生日おめでとう」と言って浩介の両手の上にプレゼントをのせた。

「ありがとう」

浩介がワクワクしながら包装紙を開けると、新しく出た新色の３ＤＳと最近流行《はや》っているであろうゲームソフトが二つほど現れた。

「父さん、よく知らないけど、お店の人に聞いたらこれが人気でラストの一つだったんだ」

嬉しそうに説明する親父を前に、浩介は少し驚いたような顔をしたまま、暫《しばら》くの間それを真顔で見つめていた。そんな浩介の様子に、親父も心配そうに顔を覗き込んだ。

「ほら、おまえゲームって全然持っていなかったじゃないか。前に友達はみんな大体持っているって言っていただろう?」

「……ありがとう、お父さん。だけど……僕、これ使えない。ごめんね」

そう言って、浩介は申し訳なさそうにプレゼントをギュッと抱きしめた。

「お母さんと……約束したんだ。ゲームはしないって」

浩介が久しぶりに「お母さん」という言葉を口にした。

いや……口にさせてしまったのかもしれない……。

親父は絶句して俯《うつむ》いてしまった。

「ごめんね、お父さん。これだけは約束だから……」

「いや、いいんだよ。父さんもおまえが欲しいものも聞かずに、悪かったな」

それでも親父は明るく笑ってみせた。

「さあ、せっかく悠介《ゆうすけ》が作ってくれたんだ。食べよう」

「うん。兄ちゃん、ありがとう。いただきます！」

浩介は少し寂しそうに笑ってオムライスを口にした。でも、次の瞬間顔をしかめた。

「うわっ、しょっぱい」

「えっ？　マジで？」

俺もオムライスを口に運ぶと、確かに塩を入れすぎていた。

ケーキもカチカチでナイフとフォークを使わないと食べられない状態だし、散々な料理になってしまった。

「ごめんな、浩介」

哀しいことを忘れさせるどころか、酷《ひど》い誕生日になってしまった。

「やっぱり、お母さんがいない誕生日はダメだね」

浩介の言葉が胸に刺さって、思わず涙が出そうになって下を向いた。

母さんも笑って頷いているような気がした。

「無理しなくていいんだよ」

ああ、そうだね、母さんの言う通りだった。無理して頑張った結果、失敗したしわ寄せで浩介を哀しませてしまったんだ。

おもむろに親父が席を立つと、浩介の隣に行って膝《ひざ》をついて浩介の顔を覗き込んだ。

「ごめんな、浩介。父さんはいらんプレゼント買っちまった。けど、兄ちゃんはおまえのことを想って、精一杯やってくれたんだぞ」

親父が少し厳しい口調で諭《さと》すように浩介に言ったから、俺はそれにイラついて「いいって、俺が失敗したんだ！」と思わず声を荒げてしまった。

ハッとして浩介を見ると哀しそうに俺を見ていたけど、また穏やかな表情をした。

「いいんだよ、兄ちゃんは失敗して。だって、誕生日にお母さんがいなくてもいいなんて、僕は嫌だ」

浩介はそう言いながらも、俺が作った塩辛いオムライスを口へ運んだ。

ああ、そうだよな。母さんのケーキで母さんの料理が良かったたって……そういうのを思い出して母さんを恋しがってもいいはずだった。浩介の気持ちを無理に封印するようなことをしてはいけないんだ。

俺はようやくそのことに気が付いた。

と同時に、本当は俺自身が封印しようとしていたのかもしれない、と思い知った。


母さんを思い出すと哀しくなるから、親父を支えて浩介を護って生きなくては、という想いから……母さんのいない寂しさを封印しようとしていたのかもしれない。

相変わらず、母さんが微笑んでいるような気がする。

「無理しなくていいんだよ」


ふいに玄関のチャイムが鳴った。時計を見ると8時を回ったところだった。

「誰だろう?　こんな時間に」

そう言いながら、親父が玄関に向かった。

ドアを開けた親父は何だか楽し気な声を出していた。

「浩介、隣の美緒《みお》ちゃんだぞ」

隣に住む美緒は浩介と同い年で、二人は幼稚園の頃からの腐れ縁だ。

浩介にくっついて俺も顔を出すと、美緒は赤いリボンを首に巻いた小さな子犬を抱えていた。

「浩ちゃん、お誕生日おめでとう」

そう言うと、美緒はその子犬を浩介に差し出した。

「ありがとう。だけど、美緒……これって……」

微《かす》かに震えた声で浩介はそう言うと、そっと手を伸ばして子犬を抱いた。

「あのね、おばちゃんが入院して少ししてから、うちのシェリが子犬を産んだでしょ？　前にお見舞いに行った時におばちゃんがね、浩ちゃんが犬を飼いたがっているからって、浩ちゃんのお誕生日プレゼントに届けてほしいってお願いされていたの」

美緒はニコニコしながら話していたけど、浩介は今にも泣きそうな表情をしていた。

「僕……お母さんにだけ話していたんだ。美緒のところに子犬が生まれたから、貰えたらいいなって……」

だけど、浩介は美緒や隣の家族には言っていなかったのだろう。

「人に貰ってもらえるくらい大きくなったから、浩ちゃんのお誕生日に間に合ってよかった」

美緒も浩介とよく似たおっとりとした女の子で、穏やかな笑顔を見せた。

「この子、もう予防接種もしたしお散歩にも行けるんだよ。それでね、おばちゃんからシェリの散歩に行く時に、浩ちゃんと一緒にこの子もお散歩させてって言われたの。だから、明日から一緒にお散歩に連れて行こうね」

無邪気に笑う美緒に、浩介が少し照れているのが分かった。

そうか、浩介は美緒を好きなのかもしれない。それを見抜いて、母さんは誕生日に子犬を美緒から渡すように頼んで、毎日一緒に散歩というおまけ付きのプレゼントなんだ。

そんなことを考えていた時、「美緒、渡せたの?」と栞《しおり》が玄関に顔を出した。

栞は美緒の姉で俺の同級生だ。当然、ガキの頃からの幼馴染みという関係。

「あ、お姉ちゃん。明日から浩ちゃんと悠ちゃんも一緒にお散歩しようね」

「はっ？　俺も？」

俺は目を丸くして驚いた。なんで浩介の犬なのに……。

「私も毎朝美緒に付き合っているの。小学生だけで早朝に散歩なんて物騒じゃない。悠介も行くの！」

栞は妹の美緒とは対照的に気が強いタイプで、まあ短気な俺と似たような性格だった。

「俺、朝練もあるから朝は無理だって」

「大丈夫、私もテニス部の朝練があるけど、犬の散歩はその前だから」

強引な栞に押される形で、了承するしかなかった。

明日の家を出る時間だけ決めると、隣の姉妹は帰っていった。

ああ、きっとこれも母さんの差し金だな、と思った。

俺は何も言わなかったと思うけど、時々母さんは栞と仲良くやっているのかと聞いていたな。

多分、母さんには俺の気持ちもお見通しだったのだろう……。

「死んでもお節介なんだな」

そう呟くと、急に寂しさに襲われた。

「今日はお母さんがいなくて……ダメな誕生日だったけど、お父さんも兄ちゃんも早く帰ってきてくれて嬉しかったよ、僕。部活が終わって兄ちゃんが帰るまで一人で待つことになるんだろうって思っていたから。だけど、兄ちゃんがすぐに帰ってきてくれて嬉しかったんだ」

抱いている子犬と同じようなつぶらな瞳で浩介が俺を見た。

「でもさ、来年からは無理しなくていいんだよ」

その言葉が母さんのものと重なる……。

「来年もまた、部活休んでケーキ焼いて祝ってやるからな」

俺がそう言うと、浩介はきょとんとした不思議そうな顔をした。

「そんで、また無理して失敗して、やっぱり母さんがいないとダメな誕生日だって思うんだ」

浩介の頭をぐしゃぐしゃっと撫でて俺はケラケラと笑った。

「だけど、無理して作っているうちに、俺だってケーキ作りも上達するよな。そしたら、無理しない誕生日を祝ってやれる日が来ると思う」

「うん……そうだね。楽しみにしている」

浩介が子犬の頭に頬ずりしながら抱きしめた。

「でも、それはまだまだ先でいい……」

俺もまだ先でいいと思った。

今はまだ、母さんがいないとダメな誕生日でいい……と。

「無理しなくていいんだよ」

おじいちゃんに百点を。

夏目もか

どうしても捨てられないものがある。

今日、大学の学食で友達と昼飯をとっていた僕は向かいのテレビから流れてきたニュース映像に釘付けになった。心臓が早鐘《はやがね》のように打ち、周りのざわめきが一切途絶え、モニターに映し出された名と顔に思考が停止した。

その後の授業の内容はほとんど頭に入って来なかった。ようやく講義が終わり、ゼミ仲間との飲みの誘いも用事を思い出したと断り急いで家に帰った。

僕は自室の押し入れの奥に潜ってそれを探した。

あった。

ほこりを被ったダンボール。

開けて中を漁《あさ》る。

黄ばんで皺の寄った算数のテスト。

〝四年一組　川上樹《かわかみいつき》〟と決して上手《うま》いとは言えない、欄からはみ出すほどに大きな文字。

その横の点数欄には百点と赤ペンで記されている。


むわっと匂い立つように鼻先に夏草の匂いがした。

外はチラチラと雪が舞っているのに。

うだるような日差し。道端に咲く向日葵《ひまわり》。

荷物のいっぱい詰まった青いナップザック。

黒いジープが僕の前で砂利を蹴って止まった音が耳元に聴こえてきた。


その答案用紙は、あの夏、四年一組だった僕が人生で初めてヒッチハイクという名の『家出』をした日の忘れられない想い出を否応なく呼び覚ました。

僕はそれを眺めながらベッドの上に横たわった。

あの夏のことを鮮明に思い浮かべながら——


おじいちゃんと僕はとても仲が良かった。

産まれた時、お父さんとお母さんの次に初孫だった僕を抱きあげたのはおじいちゃんだった。おじいちゃんは、見た目から愛らしい外見をしていた。ぽっちゃりとしたひょうたんそっくりな体型と細い目には笑い皺が寄り、いつもニコニコしていた。

引っ込み思案だった僕が小学校に入った当初、なかなか友達が出来なくて放課後は一人で遊んでいるとお母さんが電話で漏らしたら、おじいちゃんはおばあちゃんと郷里の青森から埼玉の僕の家の近くに引っ越して来て、放課後は一緒に遊んでくれた。

だけど、おじいちゃんは心臓に持病を抱えていてたびたび具合が悪くなる時があった。入院すると、もちろんその間は会えない。僕はおじいちゃんしか友達がいなかったからつまらなくて、おじいちゃんに早く良くなってもらいたいと元気になる方法をそのたびに一人、一生懸命考えた。

小学校一年の時は、苦手だった逆上がりを出来るように練習してその動画を見せてあげた。おじいちゃんはニコニコして拍手してくれた。

小学校二年生の時は、夏休みの工作で木でミニチュアの巨大迷路を作って一番に見せに行った。おじいちゃんはやっぱりニコニコして、ゴールまで辿り着く説明を泡を飛ばして熱弁する僕に付き合ってくれた。そして持って来たスイカを二人で分け合って食べた。

小学校三年生の時は、通い始めた水泳クラブの地区大会のジュニアコースで一等賞を獲った。それもおじいちゃんはニコニコして、僕の頭を何度も撫でてくれた。僕は貰った金メダルを噛《か》んでみたりして、将来は競泳のオリンピック選手になるんだ、って胸を張ってみせた。おじいちゃんは少し咳き込みながらも、ニコニコとしてくれた。

だけど、小学校四年生の夏は違った。

それは八月も始まった矢先のことだった。

お父さんもお母さんもフルタイムの仕事に行き、一個下の弟祐樹《ゆうき》は近所の友達の家に遊びに行っていた。

暇な僕は家の中のもこもこクッションの上に身体を載せて、クロールのフォームの練習をしながらテレビの録画を見ていた。画面にはこの前のオリンピックで金メダルを取った高校一年の村松樹《むらまついつき》選手が二百メートルクロールでライバルと競い合う映像が流されている。村松選手は僕の憧れの選手だ。僕の名前もいつきだ。いつか彼のようになりたいって思っていた。

だけど、最近は全然、成績が伸びていかなかった。

自己記録を更新することが出来ないまま、一年前の一等賞がまるでなかったものみたいに周りのチームメイト達の方がいい泳ぎをして、僕はどんどん追い越されていた。つい二週間前、同じ水泳チームに所属し、クラスメイトでもある翔太《しょうた》にお前のピークは過ぎたな、と嫌味を言われた。

腹が立って、翔太の肩を軽くどついた。翔太は大げさに騒ぎ立てた。迎えに来た翔太の母親にお母さんはペコペコ謝っていて、正直ムカついた。

今日も本当は水泳クラブの日だったけれど、お腹《なか》が痛いと休んだ。練習したって無駄だと思った。結果が出せなくて、またこの前みたいに翔太にバカにされるんだ。僕はすっかり不貞腐《ふてくさ》れていた。

最近はイメトレ中心で、イメトレしてるとたまにお母さんが僕をまたいで行って、自分の部屋でやったらと言われるけど、自室にテレビは無いし、こうやって誰もいない時間に自分がまるでオリンピックの舞台で泳いでいるかのような感覚を楽しめる時間は貴重なんだから許して欲しいと思いながら手足を動かしていた時、電話が鳴った。

のろのろと立ち上がって出た僕は、両親が不在であることを相手に告げた。

相手はお母さんの七つ下の妹のすみれ叔母さんだった。

僕が何があったのか聞くと、叔母さんは一瞬口籠《くちご》ったが教えてくれた。

会話が終わってカチャリと受話器を置いたら、脳裏におじいちゃんが浮かんだ。いつもニコニコと笑って、僕を褒めてくれたおじいちゃんが、今、すみれ叔母さんの勤める青森の病院で苦しそうにいろいろなものにつながれて横たわっている。

僕はテレビを切って、ソファの片隅に蹲《うずくま》った。

まだ外の陽《ひ》は高かった。


夕方頃、ガチャリと音がして玄関が開き、バタバタとお母さんが帰って来た。お母さんは最寄り駅から二駅先の法律事務所で秘書をしている。

お母さんは一人ではなく、祐樹の手を引いていた。祐樹は少し不満そうに大人しくしていた。どうやらいつも遊びに行っているお向かいの幼馴染の家でゲームしていたところをお母さんに中断され、無理やり連れ出されてしまったようだ。

お母さんはお父さんにも連絡を入れたと言い、お父さんが帰って来たらどうするか相談すると言って僕等の夕食を作り始めた。

僕はそんなお母さんに、おじいちゃんのところに行くなら僕も連れてってと頼んだ。けれど、お母さんは渋い顔をしていた。それは僕が具合が悪いといって一日寝ていたはずだったからだ。

それからお父さんも帰って来て、お母さんと話をした。結果、二人は仕事が休めないことを理由に、すぐにおじいちゃんに会いに行くのは断念した。おじいちゃんの子供は二人いて、お母さんとその妹のすみれ叔母さんだ。おじいちゃんはおばあちゃんと一緒に青森市内にあるすみれ叔母さんのマンションに去年の秋に転居していた。こちらにいたのは僕が小一の時からだから、約三年程いてくれたことになる。おじいちゃんと離れる時、僕もおじいちゃんも別れが惜しくて抱き合って泣いた。すみれ叔母さんは心臓専門の医師だ。お父さんとお母さんは、たびたび入院してまたすぐに退院、というように入退院を繰り返すおじいちゃんのことを医師である叔母さんに任せた形だった。

僕は今回お父さんとお母さんが行かないと決めたことが信じられなかった。僕はいらだつと同時に悲しくなった。おじいちゃんの入院を〝いつものこと〟、みたいに思っている二人が許せなくて、おじいちゃんが心配で、僕は心を決めた。

部屋に戻って、夜の間にこっそりと準備をした。

押し入れから水泳クラブに行く時用のリュックを出した。でも少し大きすぎて、遠足用に買ってもらった青のスポーツブランドのナップザックに変えた。着替えと下着、携帯ゲーム機、チョコレート菓子とスナック菓子を何個か入れた。明日、出かける時に水筒にスポーツドリンクを入れて行こう。雨が降ったら困るから折りたたみ傘も必要だな。あとはハンカチ、ティッシュと――

その時、少し余ったナップザックを見て思った。

行くならおじいちゃんに元気になって欲しい。

去年の水泳大会で一等賞を獲った時に、おじいちゃんは凄くニコニコして楽しそうだった。

僕はおじいちゃんに喜んでもらえるようなもの、元気になってもらえそうなものを部屋中、探した。

そして、閃《ひらめ》いた。

急いで夏休みに入ってから机の引き出しの中に入れっぱなしだったものを取り出した。

これなら――おじいちゃん、喜んでくれる。

それが、夏休み直前の算数のテストで取った人生初の百点の答案用紙だった。

水泳で良い結果を残せないその分、僕は他にやることがなくて、夏休み前のそのテストをがんばったのだ。算数の苦手な翔太の奴が白目を剝《む》いて悔しがるところを見たい一心でがんばって猛勉強していたら、獲れた奇跡の百点。

お父さんもお母さんも水泳のことでは最近、僕にため息ばかりついていたけれど、さすがに百点を獲った時はニコニコと笑って頭をくしゃくしゃと撫でてくれた。おじいちゃんがしてくれたように。

これならきっとおじいちゃん、喜んでくれる。

元気になってくれる。

僕は確信して、それをナップザックに入れて就寝した。

次の日は快晴だった。

ミンミン蟬《ぜみ》の声だけが、太陽がじりじりと照り付け始めた道端を一人歩く僕に力強くエールを送ってくれている。いつものようにお父さんとお母さんは仕事、弟は友達の家に遊びに行ってしまった。僕は青いナップザックに水筒とお昼にとお母さんが作ってくれたおにぎりを二つ、詰めてきた。

住宅街から国道に出た僕はいつかテレビのバラエティー番組で見たことを実践した。お父さんの好きな芸能人がやっていた〝ヒッチハイク〟というやつだ。背中にじんわりと汗がにじんでくるのを感じながら、僕は家にあったダンボールの切れ端で作ったプラカードを走ってくる車に向かって掲げた。

〝青森につれて行ってください〟

この国道の先には東北への高速道路へ通じるインターチェンジがあることを僕は知っていた。この前の年末年始に一度、帰省していたのだから記憶は確かだ。ここでプラカードを掲げていれば、あのテレビ番組のようにきっと親切な誰かが僕に気が付いて拾ってくれる。そう思って僕は炎天下の路上で、立ち続けた。

だけど、何台も何台も車は僕の前を通り過ぎていく。

見えないのかなぁ……

不安になって、ぶんぶんとプラカードを振ったり、グルグル回したり、思いっきりジャンプしたりしてみた。そのうち、体力を消耗したのか、お腹が鳴って、僕はお母さんのおにぎりを二つ、お菓子も全部ペロッと食べてしまった。

それからまた粘ってみたけれど、停まってくれる車は一台も無く、僕は急にめまいを感じて道端に座り込んでしまった。エールを送ってくれていたミンミン蟬の声も聞こえなくなっていた。力が入らない手で水筒を出し、スポーツドリンクを飲もうと顔を上げた時、一台の黒いジープが目の前で停まった。

僕は立ち上がって、プラカードを見せた。

助手席の窓が開いて、顔を出したのはいかつい顔したおじさんで口の周りにもっさりとした黒いひげを生やし、少し長い黒髪を後ろで結んでいた。真っ黒に日焼けしているその人を見た時、僕は前に読んだ絵本に出てきた原始人みたいな人だって思った。薄いピンクのタンクトップを着て、シルバーのアクセサリーを重たそうに幾重《いくえ》にも巻いて、片耳にごついピアスをしたお猿顔の人は一度見たら、忘れられない顔だなって思えた。

乗り込んだ僕はそのおじさんに家の場所を聞かれた。

僕をおじいちゃんのいるところに連れてって、とお願いしたら僕をジロジロと見た。おじさんは理由は何だと聞いた。

僕はいきさつを話した。おじさんは黙って聞いていた。おじいちゃんに百点を見せれば、きっと元気になってくれる、僕がそう言った時、おじさんは大きく一つうなずいた。

おじさんは車のアクセルを踏み、高速のインターチェンジへと連れていってくれた。嬉しかったからお礼を言った。おじさんは唇の端を上げ、カーステを付けた。流れてきたメロディはたまにお父さんが夜お酒を飲む時にかけるトランペットが遠吠えしているような曲だった。僕はやっとおじいちゃんの元へ行けるのだという安心感でいつの間にか寝入ってしまった。

――エンジンの止まる音で目が覚めた。

「佐野サービスエリア」の文字が見えた。

辺りを見回すと、僕はリクライニングした助手席にいて、おじさんの白いシャツがかかっていた。そこにおじさんが戻ってきた。僕が起きているのを見ると、手にしていた二つのカップ麺のうちの一つを割りばしと一緒に差し出した。カップ麺には『佐野SA名物　佐野ラーメン』と書いてあった。年末年始に青森のおじいちゃんに会いに帰省した時、この中の食堂で家族四人でラーメンを啜《すす》ったことを思い出した。

麺は縮れていて、味は僕の好みの醤油味だった。おにぎり二つとお菓子だけですきっ腹だった僕はがっつくように食べたら、こめかみから汗が伝った。それを見ていたおじさんはクーラーの温度を下げてくれた。冷気が僕の身体に吹きつける。

僕はお礼を言った。おじさんは麺を啜り、口の端を上げた。何か悪巧《わるだく》みを働こうとしているようにも見えるそれ。今更だけれど、僕は青森じゃなく、このまま別の場所に連れて行かれるのではと思う。

途端に心地好かった冷気が肌に突き刺さるように感じたのと同時に尿意を感じた。トイレに行きたい、と僕が言うとおじさんはドアを開けて指でトイレの看板の下がる場所を教えてくれた。

車を降りてトイレまで走った。

用を足そうと入ろうとしたら、入口に貼られている指名手配犯の写真が目に飛び込んできた。罪状は殺人。ひげが無く、スキンヘッド。そっくりと言うわけではないがこちらを睨むような目、そして口の端を上げてにやりとする表情がどことなくおじさんに似ていた。

まさか、そんなわけない。

僕は動揺しながら用を足した。

逃げた方がいいのか。

でも。

今、ここで逃げたらおじいちゃんには会えない。

僕はおじさんは良い人なんだと何度も自分の心に言い聞かせながら、車に戻った。

青森に着いた時は夜の七時近かった。

おじさんは僕が教えた病院まで連れて行ってくれた。

受付で僕を引き渡すと、おじさんは僕の頭に手をのせて行ってしまった。その手には僕が佐野サービスエリアで眠ってしまった時にお腹にかけられていた白いシャツが握られていた。僕は急いでお礼を叫んだけど、おじさんは振り返らずに片手をあげただけだった。

受付の女の人は訝《いぶか》しそうにその人を見送って、僕に身内なのかと聞いた。僕はちょっと迷って、入口で迷ってたらあのおじさんが連れて来てくれたんだ、と答えた。

女の人は目の前のソファで待つようにと言って電話をかけた。座って足をぶらぶらさせて待っていたら、静かな廊下をバタバタと誰かが走って来る足音がした。おばあちゃんだった。

おばあちゃんは僕に駆け寄ると震える手で僕の両腕を摑んだ。頬は滝のように濡れている。おばあちゃんは僕を抱き締めて僕になぜ急にいなくなったのかと聞いた。

僕はお父さんとお母さんに知られたのだとわかった。

理由を聞いたおばあちゃんは気が抜けたような顔になって、僕の手を引いて廊下を歩き出した。

エレベーターでロビーから五階に上がった。

おじいちゃんの病室はエレベーターのすぐ脇にあった。そっとおばあちゃんが扉を開けると、中にはおじいちゃんがいた。病室は個室のようで他には誰もいなかった。

おじいちゃんは眠っていなかった。くるりとこちらを向いて僕を見ると、とても悲しそうな目をした。皺の寄った両の瞼《まぶた》は垂れ下がり、影を落としている。身体は枯れ木のように痩せていて、ふくよかだったおじいちゃんの面影はなかった。

僕はナップザックを開けて答案用紙を見せた。

おじいちゃんは、震える手でそれを受け取って、涙をぽろっと零《こぼ》した。そして、口角を上げようとして噎《む》せた。多分、微笑もうとしたんだろう。

咳が止まらずに苦しそうだ。

僕は慌《あわ》てて、おじいちゃんの背中を摩《さす》る。

おばあちゃんがナースコールに手を伸ばしたのをおじいちゃんは止めて、首を横に振った。

おじいちゃんは咳払いを一つし、ごくりと息を飲んで、深呼吸をした。咳は収まった。

おじいちゃんは心配そうに見つめていた僕の方を向き直って、皺だらけの手を伸ばし頭を撫でてくれた。そして、にっこりと微笑んでくれた。

ここまで来た甲斐があった。

と思った。

その夜遅く、おじいちゃんの容態は急変して、太陽が昇ると共に亡くなってしまった。

病院の近くにあるすみれ叔母さんのマンションに泊めてもらっていた僕は、まだ寝ぼけた頭で電話を受け取ったおばあちゃんからそれを聞いた。おばあちゃんの傍で宙ぶらりんになっている受話器を僕はカチャリ、と置いた。

それから病院に行った時、僕は廊下で誰かの腕に抱き締められた。見上げると、お母さんだった。泣き濡れた顔をしている。傍にはお父さんと祐樹もいた。

そして、何より驚いたのはその後ろに立っていた白衣の男の人だった。その人はおじさんだった。

外見がすっかり変わっている。結んでいた髪はさっぱりと切られ、艶《つや》やかな黒髪の片方は耳にかかっていた。その人の胸には聴診器がぶら下がり、「菊池《きくち》」と名札がついていた。びっくりしている僕に今日からここに勤務することになった医者なんだと告げた。僕は自分のお腹にかけられていた白いシャツが白衣だったと理解した。

おじさんは今まで海外の医療団で働いていて、日本に一年ぶりに帰国し、自宅に戻ってから高速に乗ってここに来る途中の国道で、暑さにバテて倒れそうになっていた僕を見つけたのだった。

おじさんは殺人犯なんかじゃ、なかった。

おじさん、いや菊池先生に僕は飛びついて、おじいちゃんに答案を見せたら笑ってくれたと話し、ぽろぽろと涙をこぼした。

菊池先生は僕の頭を撫でてくれて、口の端を上げた。

それはやっぱり笑顔には見えなかったけれど、僕をここまで連れて来た人が悪い人じゃないってことはもう十分にわかっていたから僕は先生に抱きついたまま、わんわん泣いた。

先生は号泣する僕を抱き返してくれて耳元で囁《ささや》いてくれた。

どんなにがんばっても時におじいちゃんを助けられないこともある。でも、おじいちゃんに会いたい、元気になって欲しいと行動した君の想いはきっとおじいちゃんに伝わった、と。


そんな菊池先生が滞在先の外国で無差別テロに遭遇し、銃撃に遭った子供を守り、撃たれて亡くなったという、学食で流れたニュース。

あの夏、偶然が重なって埼玉から青森までの約八時間のヒッチハイクを共にしてくれた菊池先生。

先生はあれから驚いたことにすみれ叔母さんと結婚したのだけれど、医療体制の整っていない地域に住む患者の為に尽くしたいと、話し合いの末、二年後に別れてしまった。二人の間に子供はいなかったけれども、先生は元の海外の医療団に戻り現地の仲間と児童病院を建て、子供の医療体制を整える為に尽力しているの、と叔母さんは会うたびに僕に自慢げに繰り返した。お母さんは気になるならやり直しなさい、と叔母さんに言い、叔母さんはそのたびに頑《かたく》なに否定していた。すみれ叔母さんは訃報《ふほう》をもうどこかで聞いたのだろうか。泣いているのだろうか。心配だ。


菊池先生の、口の端を上げる笑顔。

笑顔なのか、そうじゃないのか、わからないような口元は逆に興味を惹《ひ》かれた。

そういうのは〝ニヒルな笑顔〟って言うんだ、と父に教えられたことを思い出す。

お通夜とお葬式が終わり、埼玉の家に帰る朝にもう一度病院に寄って先生にお礼を言ったあの時。別れ際に先生の真似をして、僕も〝ニヒルな笑顔〟をしてみた。

先生は眉根を下げて可笑《おか》しそうにした。伝わったみたいで僕は満足した。先生は手を差し伸べてくれて、僕等はがっしりと握手を交わした。
僕はベッドから起き上がり、百点の答案を机の上に立て掛け、近日行なわれる医師の国家試験の為に、参考書に向かう。

今は一月末。試験は来月初めだ。
背中の壁には白衣が下がっている。
水泳選手になるという夢は諦めてしまったけれど、今の僕には新しい夢がある。

僕は医師になりたい。

あの子のココアが冷めない理由　石田灯葉

24：00

頭がぼーっとする。
ゆらゆらとしている視界、なんだか痛いほっぺ、火照《ほて》った顔。
んん……？
ん!?
はっ……！
ガバッと跳ね起きて、机の上の時計を見る。
やばい、めっちゃ寝ちゃった。
針は十二時を指している。
え、え、何時間寝た？
最後に時計を見たのは……夜九時だ。

夜ご飯を食べ終わってもうひと頑張り、と思って勉強していたけど、ちょっと集中力が切れてきたからキッチンに向かい、糖分チャージのために、雪だるまが描いてあるお気に入りのマグカップにココアをいれて机に戻ってきたのが、夜九時のことだ。

手元のノートを見てみる。

ああ、ココアをいれて戻ってきてから、問題集は一問しか進んでないじゃん……。

ココアだって一口すすっただけだし……。

あぁぁぁ、やっちゃったぁ……。

後悔と罪悪感の大波が押し寄せる。

わたし以外の受験生がみんな勉強している三時間を、わたしは惰眠《だみん》を貪《むさぼ》って過ごしてしまった……。

すなわち三時間の差をつけられてしまったということだ。

机の上には持ってきた記憶のないクッキーが置いてあったり、肩にはブランケットが掛かっていたり、なんかよく分かんないけど湿ったタオルが置いてあったりする。

なんだこれ……？

というか！

お母さんも、お父さんも、お兄ちゃんも、隆太《りゅうた》も、なんで起こしてくれなかったの！

いつもは一時間以上寝てたら起こしてくれるって約束なのに。

その約束を家族がやぶったことは、これまで一回もなかったじゃんか。

なんて、つい、そんな風に、家族を責めたくなってしまう。

いや、自分が悪いってことくらい分かってます……ごめんなさい受験の神様……。

巻き返さなきゃ。いや、巻き返せるか……!?

せめてもの糖分補給のために、冷めきったココアを飲んでしまおう、と、雪だるまのマグカップに手を伸ばす。

と、不思議なことに気が付いた。

「あれ？　あたたかい……？」

つい独り言が口からこぼれる。

三時間以上前にいれたはずのココアが、いれたてみたいにあたたかい。

微《かす》かにだけど、湯気も立っている。

でも、このマグカップは保温性に優れているというわけじゃない。

なのに、なんであたたかいんだろう?


なぜかあたたかいココアを飲みながら、わたしはキッチンに向かう。

廊下は静かだ。

お父さんもお母さんもお兄ちゃんも隆太も、自分の部屋に戻って寝ているんだろう。

うちのココアは、スーパーとかでよく売ってる、一杯分ずつスティック状に個包装されている、お湯で溶かす粉末のやつだ。

五本で一箱。

さて、これを飲み終わったらもう一杯いれますか、と、いつもココアがある棚の上をガサゴソと探る。

けど、そこにはココアはなかった。

あれ、三時間前にいれた時には、わたしが五本入りの箱を開けたところだったのに。

おかしい。

基本的には、うちの家族でココアを飲むのはわたしだけだ。

お父さんもお母さんもお兄ちゃんも、お茶の時にはコーヒーを飲む。

最近は弟の隆太までも生意気なことに背伸びをして、コーヒーを飲んでいる。

とはいえ、牛乳をたっぷり入れたカフェオレだけど。

わたしもコーヒーは好きだけど、受験生になってからは飲むのを控えている。

寝るべき時に寝付けなくなっちゃうのはダメだ、とお兄ちゃんに止められたからだ。

ステンレスの流しを見ると、マグカップが三つ。

ゴミ箱を見ると、スティックのゴミが五つと、それが入っていたはずの箱が丁寧に畳まれて一つ捨てられている。

わたしが寝ている間に、我が家で空前のココアブームでもあったのだろうか。

おかしいなあ、と思いながら、寝ぼけた頭の体操がわりに、わたしはちょいと推理をしてみることにした。

『なぜ、わたしのココアは冷めなかったのだろうか？』

21：30

「過ぎたるは及《およ》ばざるがごとし」ということわざがある。

なにごとも、やり過ぎは良くないという話だ。

それに反して、妹は勉強を頑張り過ぎている。

まあ、二年前までは僕も受験生だったわけだし、焦る気持ちは分からないではない。

ただ、それにしても、

「一日十一時間勉強するんだ」

などと言って、いつもストップウォッチを片手に勉強している時間を計っているその姿は病的と言わざるを得ない。

そもそも、勉強の量とは、時間の量に比例するものではない。

例えば、テキストを一分に一文字ずつ読んだ一時間と、一秒に一文字ずつ読んだ一時間。

同じように「勉強している時間」としてカウントされたとしても、その勉強量は後者の方が六十倍である。

つまり、集中力が欠けた状態でいくら時間をかけようと、短時間で集中しているやつには勝てないのだ。

だが、そこらへんのことをいくら伝えても、妹は納得しない。

『まわりが十時間やるならわたしは十一時間やるんだ。一日一時間ずつ差をつける。だから、わたしが一時間以上寝ていたら起こしてね』

と生意気にも僕に頼んできた。

でも、寝るべき時は、寝なくてはいけないものだ。

コーヒーを飲んで夜中までやろうとする妹に対して、受験生の先輩として、僕は告げた。

「コーヒーはやめて、ココアにしろ」

ココアは、リラックスもするし、糖分も補給できて良い。

妹は、その言いつけについてはずいぶん素直に聞いていた。
「まあ、お兄ちゃんはそれでわたしの行きたい大学に受かったわけだし……」
自分の部屋へ向かう途中、妹の部屋の前を通る。
別にわざわざ妹の部屋を覗きにいったわけではない。
リビングから僕の部屋に戻ろうとすると妹の部屋の前を通ることになるのだ。
仕方ない。
妹は受験生になってから、扉を開けっ放しで勉強をしている。
寝ていたら僕たち家族に起こしてもらえるようにということらしい。
扉の外から覗いてみると、案の定、妹は机に突っ伏して眠りこけていた。
一時間以上寝ていたら起こさないといけないわけだから、仕方なく部屋にお邪魔する。
仕方なく、だ。
顔を覗き込むと、口が開いている。だらしがない。
口呼吸で乾燥した喉に菌が入ると風邪を引く可能性も高くなる。これは良くない。
ふと、妹の顔の真ん前にマグカップが置いてあるのに気が付いた。

ココアをいれたのだろう。

寝ている間に倒してこぼしたりしたら最悪だ。

せっかく僕がゆずってやった参考書が使い物にならなくなってしまう。

マグカップの位置を移動してやろうとカップを持つ。

「お」

まだほんのりあたたかい。

この温度だと、経っていて三十分くらいといったところか。

一時間は経っていないみたいだから、起こさなくてもいいだろう。

乾燥は良くないので、ココアは蒸気が出ているいれたての状態の方がいい。

もうどうせぬるくなってるし、いれ替えてやろう。

あと、あたたかいお湯で蒸したタオルを寝ている机に置いておいてやろう。

そしたら、乾燥の心配が少なくなる。

別にこいつが風邪を引いて受験に失敗して悲しむこと自体はどうでもいいけど、
こいつが浪人したら、また来年もこういう風に気を遣って生活しなきゃいけなくなる。そんなのは面倒だ。

仕方ない。

僕はキッチンへ向かう。

もともと入っていたぬるいココアを飲み干し、新しいマグカップに新しくココアをいれてやる。

マグカップは、僕の通っている大学であり、妹の志望校でもある大学のオリジナルデザインのマグカップだ。由来もよく分からないクマのキャラクターが描いてある。

蒸しタオルも作って、妹の部屋に戻る。

寝ている妹の机の上に、そっとココアと蒸しタオルを置いた。

ふと脇を見やると、ストップウォッチがせわしなく「勉強時間」を計測している。

寝ている時間をカウントするのは妹としても本意ではないだろう。

僕はそっと、ストップウォッチを止めてやった。

たまには、リラックスして休め。

充分頑張ってるから大丈夫だ。

22：15

「親の心子知らず」ということわざがある。

そのことを実感することが多い今日この頃だ。

俺の可愛い娘は、どうやら反抗期は終わったらしいのだが、そのまま受験期へと突入してしまった。

どちらにせよ父親である俺とのコミュニケーションを欲する時期ではないようだ。

俺はアルバイトで家庭教師をしていたこともあるので、

「勉強見てやろうか？」

なんて息巻いて話しかけたら、

「いや、パパの時とは時代が違い過ぎて参考にならないよ。共通テストもない時代の話なんて」

とバッサリ断られてしまった。

共通テストはあったんだよ、名前がちょっと違うだけで……と言ってみたが、聞く耳を持たなかった。

なんだよ、いいじゃないか、ていうかほぼ同じじゃないか共通一次……。名前を変えやがったのは誰だ？　文部科学省か？

「そういうのはお兄ちゃんに聞くからいい」だそうだ。

そのお兄ちゃんに勉強を教えてやったのはパパなんだけどな……。そう思えばあいつは不愛想に見えて素直なところがある。

ただ単に効率を重視しただけなのかもしれないが。

だけど、そんな俺にも娘から役目が与えられた。

「わたしがもし一時間以上机で寝落ちしてたら起こして！」

とのことだ。

パパにできることはもはやそれくらいしかないらしい。

いや、外では学費を稼ぐべく一生懸命働いてるんだけどね。

まあ、いつかきっと分かってくれるだろう。

仕事を終えて帰り、与えられた使命を果たすべく、着替えもそこそこに娘の部屋に向かう。

開けっ放しのドアから覗くと、娘が机に突っ伏して寝ている。

役に立つチャンスだ！　とばかりに、娘を起こしに部屋に入る。

が、しかし、そこで、洞察力の鋭い俺は気づいた。

机の上のストップウォッチが止まっている！

つまり、これは寝落ちではなく、計画的な睡眠！

きっと、ベッドで寝てしまうと寝過ぎてしまうからということで、こうして机で寝ているのだろう。

であれば、自分でアラームをかけているだろうから、ここで俺が起こすとかえって怒られる可能性が高い。うちの娘は寝顔は可愛いのだが寝起きが悪いのだ。

うん、我ながら鋭い推理だ。

では、起きた時にあたたかいココアが飲めるように、ココアだけいれなおしてやろう。

さりげない優しさに好感度もアップするだろう。

俺はココアの入ったマグカップを持って、キッチンへ向かう。

少しぬるいということは、俺の推理は完璧だったようだ。

まだ三十分程度しか寝ていないのだろう。

ココアをいれて、娘の部屋に戻る。

マグカップを机の上に置いてから、束《つか》の間の戦略的睡眠が上質なものになるように、肩にそっとブランケットを掛けてやった。

「んん……」

娘が少し身じろぎする。

起こしちゃったか？　と思ったけど、大丈夫みたいだ。

頑張れよ。

パパは応援してるから。

23：00

「触らぬ神にたたりなし」ということわざがある。

最近の姉ちゃんがまさしくそんな感じだ。

受験生モードの姉ちゃんは怖い。

目は血走ってるし、ご飯を食べたらすぐに部屋に引っ込むし、隣の部屋のおれがスピーカーで音楽をかけようもんなら、同じ家に住んでるのに壁ドンをしてくる。

（もちろん、壁ドンといってもロマンチックな方じゃなくてね）

最低限のことしか話さなくなった姉ちゃんが、一つだけ、おれに命令してきたのが、これだ。

「隆太、わたしが一時間以上寝落ちしてたら起こして」

姉ちゃんがいつ寝たかなんか知るかよ、と思いながらも、殺気立った様子に頷《うなず》かざるを得なかった。怖い怖い……。

リビングから廊下を辿っていくと、手前から、おれの部屋、姉ちゃんの部屋、兄ちゃんの部屋という風に並んでいる。

おれの部屋に戻る時には姉ちゃんの部屋の前を通る必要はないんだけど、どうせ隣の部屋だし、ちょっと覗いてみた。一応命令されているし。

すると、がっつり寝落ちしてる。

ブランケットまで肩に掛けて、寝る気満々な感じだ。

近づくと、机の上には、湿ったタオルが置いてある。

なるほど。お風呂上がり、勉強を始める前にちょっと寝てるってことか。

それでいうと、おれが今日の一番風呂で、おれが風呂から出てから一時間くらいしか経ってないから、姉ちゃんがいくらソッコーでお風呂入ったとしても、寝てから一時間は経ってないかな。

姉ちゃん寝起き悪いから、一時間以内で起こすと不機嫌になったりするんだよな……。

脇に置いてあるココアの入ったマグカップ（父さんがいつも使ってるなんかちょっと高級なやつ）に触ってみると、やっぱりまだほんのりあたたかい。

であれば、弟のよしみで、ココアだけいれなおしてやろう。

なんだかんだ、去年のおれの高校受験の時、姉ちゃんが静かにしてくれたり、牛乳たっぷりのコーヒーをいれてくれたりしたおかげで今の高校に受かったみたいなとこあるしな。

牛乳入りのコーヒーが好きになったのも、その時のいい思い出と結びついてるからだろう。おふくろの味ならぬ、姉ちゃんの味、みたいなものだ。

おれはココアの入っているマグカップを持ってキッチンへ向かう。

勿体ないから、ぬるくなったココアはおれが飲む。

新しいココアを、いつも姉ちゃんがカフェオレをいれてくれていたマグカップにいれてやる。

当時のおれの志望校であり、今通っている高校の校章が入っているだけの、今見ると何が良いんだかよく分からんマグカップだ。

気遣いのできるおれは、マグカップにクッキーを添えて、姉ちゃんの机の上に置く。

触らぬ神にたたりなし。

このクッキーは、お供《そな》え物みたいな感じだ。

姉ちゃんが合格しますように。

この頑張りが、報《むく》われますように。

なんとなく手を合わせて部屋をこっそりと出ていった。

23:25

「寝る子は育つ」ということわざがある。

娘は昔から本当によく眠る子だった。

すやすやと眠る寝顔は可愛いのだけれど、写真を撮るとすごく嫌がる。

私も高校生の時、私の寝顔を撮った写真がたくさんあって嫌だったから、その気持ちはすごくよく分かるけれど。

リビングで映画を見終わって、そろそろ寝ようかな、と部屋に戻る。

受験生の親が映画なんて見ていていいのか、という感じもするが、これは私のモットーなのだ。

三年前は娘の高校受験、二年前は長男の大学受験、一年前は次男の高校受験、そして今年は娘の大学受験。

二歳差の子供を三人産んだおかげで、四年連続受験生を抱えた家になっている。

私のモットーは「一緒に緊張しないでのうのうとしている」だ。

特に娘は受験期にナーバスになるので、一緒になっていると疲れてしまうのだ。

子供の部屋の前を通ってなんとなく子供たちの様子をうかがってから寝るのが私の日課だ。

長男、次男の部屋のあかりはもう消えている。寝たみたいだ。

唯一《ゆいいつ》あかりがついて、ドアが開けっ放しになっているのは、娘の部屋。

私はその部屋をふと覗く。一時間以上寝ているようだったら、起こしてあげなくちゃいけない。

と思うと、やっぱり寝ていた。

そろりと、娘の部屋に入っていく。

そこで、私は、わあ、と小さく声をあげた。

すごく素敵な光景だ。

湿ったタオル、ブランケット、クッキー、そして、まだ微かにあたたかいココア。

それに囲まれた、可愛い寝顔。

起こすのは、ココアをいれなおしてからでもいいだろう。

家族のつないだリレーをつなぐべく、私はまだほんのりあたたかいマグカップを
そっと手に取り、キッチンへと向かう。

流しに置いてあった娘のお気に入りのマグカップだけを洗って、そこに新しくココアをいれてあげる。

ついでに、リビングに置いてあるカメラを取ってきた。

ココアを置いて、シャッターをぱしゃり。

カシャッ、と音がしてしまう。

「んん……」

娘が身じろぎをする。

あら。

この身じろぎは目覚める時のやつだ。

バレないように、忍び足でささっと部屋を飛び出して、自分の部屋に戻る。

電気を消して、ふふ、と微笑む。

『きっと大丈夫だよ、みんながついてるからね』

今しがた撮った写真を見ながら、心の中で呟《つぶや》くのだった。

24：05

「馬鹿の考え休むに似たり」ということわざがある。
マグカップを片手に腕組みをして、
『なぜ、わたしのココアはあたたかいままだったのか？』
について五分くらい考えてみたけど、全然分からなかった。
超常現象だ。
まあ、わたし、文系選択だし。仕方ないか。
そんなことより勉強に戻らなきゃ。
眠った分を取り戻さなくちゃいけないんだから。
「がんばるぞっ」
そう小声で叫んでから、ぐっと飲み干したココアはなんだかすごく美味《おい》しくて。
なんでかは分からないけど、心まであたためてくれるような不思議なぬくもりがあったのでした。

⦿初出

「おはよう、白雪姫」一初ゆずこ　『5分後に美味しいラスト』二〇二〇年
「澄とチョウの七日間」朋藤チルヲ　『5分後に涙腺崩壊のラスト』二〇二一年
「あんぱん」星賀勇一郎　『5分後に美味しいラスト』二〇二〇年
「MAKE THE CURRY」潜水艦7号　『5分後に美味しいラスト』二〇二〇年
「日々、ご飯。」飴玉雪子　『5分後に癒されるラスト』二〇一八年
「ウィーンの香りはシュヴァルツァーで」あさぎ茉白　『5分後に美味しいラスト』二〇二〇年
「無理しなくていいんだよ」michico　『5分後に癒されるラスト』二〇一八年
「おじいちゃんに百点を。」夏目もか　『5分後に幸せなハッピーエンド』二〇二三年
「あの子のココアが冷めない理由」石田灯葉　『5分後に謎解きのラスト』二〇二〇年

※本書収録作品の初出はすべて、単行本「5分シリーズ」（エブリスタ編・河出書房新社刊）です。

5分後《ふんご》に
ごちそうさまのラスト

二〇二四年 九月一〇日 初版印刷
二〇二四年 九月二〇日 初版発行

編 者 エブリスタ
発行者 小野寺優
発行所 株式会社河出書房新社
〒一六二−八五四四
東京都新宿区東五軒町二−一三
電話〇三−三四〇四−八六一一（編集）
〇三−三四〇四−一二〇一（営業）
https://www.kawade.co.jp/

ロゴ・表紙デザイン 粟津潔
本文フォーマット 佐々木暁
印刷・製本 中央精版印刷株式会社

Printed in Japan ISBN978-4-309-42138-4

5分後に涙が溢れるラスト

エブリスタ〔編〕 41807-0

小説投稿サイト・エブリスタに集まった200万作強の作品の中から、選び抜かれた13の涙の物語を収録。読書にかかる時間はわずかだけれど、ラストには必ず深く、切ない感動が待っている！

5分後に慄き極まるラスト

エブリスタ〔編〕 41808-7

小説投稿サイト・エブリスタに集まった200万作強の作品の中から、選び抜かれた13の恐怖の物語を収録。読書の時間はわずかだけれど、ページを捲るごとに高まる戦慄に耐えられるか？

女子大小路の名探偵

秦建日子 41980-0

2023年映画公開予定！　なぜか連続女児殺害事件の容疑者にされてしまったバーの雇われ店長の大夏。絶縁状態だった姉の美桜に助けを求めるのだが…痛快エンターテインメント。

ブルーヘブンを君に

秦建日子 41743-1

ハング・グライダー乗りの蒼太に出会った高校生の冬子はある日、彼がバイト代を貯めて買った自分だけの機体での初フライトに招待される。そして10年後——年月を超え淡い想いが交錯する大人の青春小説。

愛娘にさよならを

秦建日子 41197-2

「ひとごろし、がんばって」——幼い字の手紙を読むと男は温厚な夫婦を惨殺した。二ヶ月前の事件で負傷し、捜査一課から外された雪平は引き離された娘への思いに揺れながら再び捜査へ。シリーズ最新作！

ザーッと降って、からりと晴れて

秦建日子 41540-6

「人生は、間違えられるからこそ、素晴らしい」リストラ間近の中年男、駆け出し脚本家、離婚目前の主婦、本命になれないＯＬ——ちょっと不器用な人たちが起こす小さな奇跡が連鎖する！　感動の連作小説。

推理小説

秦建日子　40776-0

出版社に届いた「推理小説・上巻」という原稿。そこには殺人事件の詳細と予告、そして「事件を防ぎたければ、続きを入札せよ」という前代未聞の要求が……ＦＮＳ系連続ドラマ「アンフェア」原作！

アンフェアな月

秦建日子　40904-7

赤ん坊が誘拐された。錯乱状態の母親、奇妙な誘拐犯、迷走する捜査。そんな中、山から掘り出されたものは？　ベストセラー『推理小説』（ドラマ「アンフェア」原作）に続く刑事・雪平夏見シリーズ第二弾！

殺してもいい命

秦建日子　41095-1

胸にアイスピックを突き立てられた男の口には、「殺人ビジネス、始めます」というチラシが突っ込まれていた。殺された男の名は……刑事・雪平夏見シリーズ第三弾、最も哀切な事件が幕を開ける！

アンフェアな国

秦建日子　41568-0

外務省職員が犠牲となった謎だらけの轢き逃げ事件。新宿署に異動した雪平の元に、逮捕されたのは犯人ではないという目撃証言が入ってきて……。真相を追い雪平は海を渡る！　ベストセラーシリーズ最新作！

マイ・フーリッシュ・ハート

秦建日子　41630-4

パワハラと激務で倒れた優子は、治療の一環と言われひとり野球場を訪ねる。そこで日本人初のメジャー・リーガー、マッシー村上を巡る摩訶不思議な物語と出会った優子は……爽快な感動小説！

KUHANA!

秦建日子　41677-9

１年後に廃校になることが決まった小学校。学校生活最後の記念というタテマエで、退屈な毎日から逃げ出したい子供たちは廃校までだけ赴任した元ジャズプレイヤーの先生とビッグバンドを作り大会を目指す！

サイレント・トーキョー

秦建日子　41721-9

恵比寿、渋谷で起きる連続爆弾テロ！　第３のテロを予告する犯人の要求は、首相とのテレビ生対談。繰り返される「これは戦争だ」という言葉。目的は、動機は？　驚愕のクライムサスペンス。映画原作。

そこにいるのに

似鳥鶏　41820-9

撮ってはいけない写真、曲がってはいけないＹ字路、見てはいけないＵＲＬ、剝がしてはいけないシール……怖い、でも止められない。本格ミステリ界の旗手による初のホラー短編集。

神様の値段　戦力外捜査官

似鳥鶏　41353-2

捜査一課の凸凹コンビがふたたび登場！　新興宗教団体がたくらむ“ハルマゲドン”。妹を人質にとられた設楽と海月は、仕組まれ最悪のテロを防ぐことができるか⁉　連ドラ化された人気シリーズ第二弾！

戦力外捜査官　姫デカ・海月千波

似鳥鶏　41248-1

警視庁捜査一課、配属たった２日で戦力外通告⁉　連続放火、女子大学院生殺人、消えた大量の毒ガス兵器……推理だけは超一流のドジっ娘メガネ美少女警部とお守役の設楽刑事の凸凹コンビが難事件に挑む！

ゼロの日に叫ぶ　戦力外捜査官

似鳥鶏　41560-4

都内の暴力団が何者かに殲滅され、偶然居合わせた刑事二人も重傷を負う事件が発生。警視庁の威信をかけた捜査が進む裏で、東京中をパニックに陥れる計画が進められていた——人気シリーズ第三弾、文庫化！

世界が終わる街　戦力外捜査官

似鳥鶏　41561-1

前代未聞のテロを起こし、解散に追い込まれたカルト教団・宇宙神瞳会。教団名を変え穏健派に転じたはずが、一部の信者は〈エデン〉へ行くための聖戦＝同時多発テロを計画していた……人気シリーズ第４弾！

すいか　1

木皿泉　41237-5

東京・三軒茶屋の下宿、ハピネス三茶で一緒に暮らす血の繋がりのない女性４人の日常と、３億円を横領し逃走中の主人公の同僚の非日常。等身大の言葉が胸をうつ向田邦子賞受賞、伝説のドラマ、遂に文庫化！

すいか　2

木皿泉　41238-2

独身、実家暮らしＯＬ・基子、双子の姉を亡くしたエロ漫画家の絆、恐れられ慕われる教授の夏子、幼い頃母が出て行ったゆか。４人で暮らしたかけがえのないひと夏。10年後を描いたオマケ付。解説松田青子

さざなみのよる

木皿泉　41783-7

小国ナスミ、享年43。息をひきとった瞬間から、彼女の言葉と存在は湖の波紋のように家族や友人、知人へと広がっていく。命のまばゆいきらめきを描く感動と祝福の物語。2019年本屋大賞ノミネート作。

昨夜のカレー、明日のパン

木皿泉　41426-3

若くして死んだ一樹の嫁と義父は、共に暮らしながらゆるゆるその死を受け入れていく。本屋大賞第２位、ドラマ化された人気夫婦脚本家の言葉が詰まった話題の感動作。書き下ろし短編収録！解説＝重松清。

Q10　1

木皿泉　41645-8

平凡な高校３年生・深井平太はある日、女の子のロボット・Q10と出会う。彼女の正体を秘密にしたまま二人の学校生活が始まるが……人間とロボットとの恋は叶うのか？　傑作ドラマ、文庫化！

Q10　2

木皿泉　戸部田誠（てれびのスキマ）〔解説〕　41646-5

Q10について全ての秘密を聞かされ、言われるまま彼女のリセットボタンを押してしまった平太。連れ去られたQ10にもう一度会いたいという願いは届くのか——八十年後を描いたオマケ小説も収録！

かめくん

北野勇作　41167-5

かめくんは、自分がほんもののカメではないことを知っている。カメに似せて作られたレプリカメ。リンゴが好き。図書館が好き。仕事も見つけた。木星では戦争があるらしい……。第22回日本ＳＦ大賞受賞作。

カメリ

北野勇作　41458-4

世界からヒトが消えた世界のカフェで、カメリは推論する。幸せってなんだろう？　カフェを訪れる客、ヒトデナシたちに喜んでほしいから、今日もカメリは奇跡を起こす。心温まるすこし不思議な連作短編。

ぴぷる

原田まりる　41774-5

2036年、ＡＩと結婚できる法律が施行。性交渉機能を持つ美少女ＡＩ、憧れの女性、気になるコミュ障女子のはざまで「なぜ人を好きになるのか」という命題に挑む哲学的ＳＦコメディ！

クォンタム・ファミリーズ

東浩紀　41198-9

未来の娘からメールが届いた。ぼくは娘に導かれ、新しい家族が待つ新しい人生に足を踏み入れるのだが……並行世界を行き来する「量子家族」の物語。第二十三回三島由紀夫賞受賞作。

クリュセの魚

東浩紀　41473-7

少女は孤独に未来を夢見た……亡国の民・日本人の末裔のふたりは、出会った。そして、人類第二の故郷・火星の運命は変わる。壮大な物語世界が立ち上がる、渾身の恋愛小説。

さよならの儀式

宮部みゆき　41919-0

親子の救済、老人の覚醒、30年前の自分との出会い、仲良しロボットとの別れ、無差別殺傷事件の真相、別の人生の模索……淡く美しい希望が灯る。宮部みゆきがおくる少し不思議なSF作品集。